마흔, 정신과 다니며 청소합니다

일러두기

- 국립국어원 표준국어대사전의 표기법을 따랐으나, 저자의 의도에 따라
일부 표현은 줄임말, 입말체 등을 허용했습니다.

- 책 제목은 『』, 영화, 노래 제목은 < >와 ' '로 표기했습니다.

마흔, 정신과 다니며 청소합니다

송창민 지음

목차

1장 나에게 힘들어할 자격이 있을까? 5

2장 최선의 대상이 틀렸다 46

3장 결과를 알았다면 시작도 안 했지 83

4장 그건 갚지 않아도 된단다 124

5장 누가 몰라주어도 된다, 내가 아니까 160

6장 티끌처럼 매일매일 204

7장 마흔, 정신과 다니며 청소합니다 250

나에게 힘들어할
자격이 있을까?

어? 내가 왜 이러지?

천장에는 백열등이 언젠가 끊어질지 모르는 필라멘트를 태우며 주황빛을 내고 있다. 손바닥 두 개 크기만 한 작은 창문으로 이끼 때문에 해가 보이지 않는 커다란 아케이드와 시멘트 건물만 보인다. 코로나로 인해 창밖을 서성이는 손님은 드문드문 보였다. 그중 카페 안으로 들어오는 손님은 몇 명뿐이었다. 손님이 오리라는 기대를 내려놓고 카운터 의자에 앉아있었다. 또 가슴이 두근거리기 시작했다. 며칠 되었다. 할 일이 없어서, 혹은 졸음을 깨우느라 몇 잔의 커피를 마신 것이 화근이라 생각했다. 그런데 얼마 지나지 않아 숨이 찬다는 느낌으로 진화했다. 마치 오래달리기를 하고 난 뒤 호흡이 정상적으로 되돌아오지 않는 느낌이랄까. 고통을 0부터 10까지 숫자로 표현하자면 1~2단계 정도.

'에이, 그거 가지고 뭘 그래.'

그렇다. 나도 그랬다. 그냥 이상하다 싶었다. 그런데 하루 이틀이 지나면서 2단계였던 고통이 2.5단계, 3단계, 3.5단계, 4단계로 조금씩이지만 확실하게 커지고 있었다. 5단계를 넘어서자 답답하다는 느낌이 숨이 막혀온다는 느낌으로 바뀌었다. 물 한 방울 없는 땅 위에서 익사하고 있는 기분이랄까.

아내에게 솔직하게 털어놓았다. 아내는 덤덤한 표정으로 잠시 생각하더니 바람을 쐬고 오는 게 어떻겠냐고 했다. 무리해서 일만 하다 보니 스트레스가 많이 쌓인 것 같다고. 휴일에도 집에서 낮잠을 푹 자야 제대로 쉬는 것이라 생각하는 집돌이를 내보낼 좋은 핑계였을 것이다. 마침 화창한 9월의 날씨였다. 내 생일과 딸아이의 생일을 핑계 삼아 둘이서만 당일치기로 바다를 향해 떠났다. 오늘 어린이집을 가지 않아도 된다는 사실에 딸아이는 입꼬리가 귀에 걸렸다. 그런 모습을 보며 나 또한 입꼬리가 위로 향했다. 두 시간 가까이 달려 강릉에 도착했다. 드넓은 바다를 보니 한결 나아졌다. 5단계였던 숨 막힘이 바다를 보고 온 다음 날에는 2단계 수준으로 내려왔다. 고생스러웠지만 다녀오길 잘했다고 생각했다.

하지만 3일을 채우지 못하고 다시 예전으로 되돌아왔다. 바다를 보고 오거나 익숙한 생활 패턴을 벗어나는 것은 분명 효과가 있었다. 하지만 일시적으로 증상을 완화하는 진통제일 뿐 근본적인 해결책이 될 수 없었고, 진통제에도 내 몸이 적응한다는 것을 이내 깨달았다. 인터넷 검색을 하니 화병에 걸리면 명치 부분을 세게 자극하는 것이 좋다고 했다. 하루 종일 명치를 손끝으로 누르면서 깊은 한숨을 쉬었다. 그래도 익사할 것 같은 공포의 하루들은 이어졌다.

"여보, 우리 병원에 가보자."

아내가 이윽고 입을 뗐다. 정신과에 가보자는 것이었다. '내가 정신과까지 가야 하는 상황인가' 같은 생각도 들지 않았다. 이 숨막히는 답답함을 해결할 수만 있다면 정신과쯤이야 싶었다. 집과 가까운 정신과 병원을 찾았다. 접수하려는데 신분증을 달라고 했다. 진료 과목의 특성상 초진 시 신분증이 필수라는 말과 함께. 조금 다른 접수 형태에 내가 이전과는 다른 곳에 발을 들여놓게 되었다는 것을 체감했다.

"자영업 하세요? 요즘 코로나 때문에 많이들 오셔요."

50대 후반의 정신과 의사는 별일 아니라는 듯 답했다. 나를 마치 환절기 감기 환자 보듯 대했다. 내 얼굴을 살펴보는 시간보다 차트를 작성하기 위해 컴퓨터를 보는 시간이 더 길었다. 그렇게 1분 만에 첫 진료는 끝났다. 차트를 작성하는 의사 선생님의 키보드 소리 너머로 저 멀리 "심리상담센터"라는 간판이 보였다. 밖에서 기다리고 있던 아내도 벌써 진료가 끝났냐며 놀란 표정을 지었다. 약을 받아들고 실망감에 푹 절여져 집으로 돌아왔다. 이런 진료라면 정신과에 갈 이유가 없다고 결론지었다.

지역의 심리상담센터를 찾아보았다. 몇 군데의 후기를 찾아보고 전화도 했다. 외국 드라마나 영화에 나오는 것처럼 편안한 소파에 앉아 한 시간 이상 상담사와 대화를 나누는 상담인 듯싶었다. 그런데 비쌌다. 한 시간에 15만 원, 두 시간이면 20만 원이 넘었다. 가게 두 곳을 운영하면서 하루 매출 20만 원도 못 하는 형편에 그만큼의 상담료를 지불하기가 부담되었다. 아니, 그러면 안 되었다. 어떻게든 버텨봐야 한다고 생각했다. 손끝으로 명치를 마사지하면서 한숨을 깊게 들이마시고 내쉬었다.

그렇게 못 버틸 것 같으면 또 바다를 보러 가면 될 거라 생각하며.

나답게 살고 싶다

그때 아버지가 말썽이었다. 그동안 입에 대지 않으시던 술을 다시 드시면서 가족들이 힘들어했다. 당시 아버지야말로 정신과 치료가 절실히 필요했다. 오랜 친구 중에 정신과 전문의가 한 명 있다. 며칠을 고민하다 전화를 걸었다. 아버지의 증상과 치료 방법, 병원 정보에 대한 이야기를 나누다가 슬그머니 내 이야기도 덧붙였다. 의사답게(?) 조곤조곤 말하던 친구의 음성이 갑자기 높아졌다. 모든 일을 그만두고 쉬라는 말이었다.

"니 그라다가 평생 일 못 한다."
"오야. 알았다, 자슥아."

애써 웃음 지으며 알겠다고, 고맙다고 인사하고 전화를 끊었다. 냉큼 돌아와 손님 맞을 준비를 하면서도 평생 일 못 할 수 있다는 말이 머릿속에서 떠나지 않았다. 왜인지는 모르겠지만 그렇게 되면 너무 슬플 것 같았다. 싫었다. 내일은 다른 병원을 가봐야겠다고 생각했다.

"언제부터 증상이 있으셨죠?"
"큰 충격을 받을 만한 이벤트가 있으셨나요?"
"생활 패턴이 어떠세요?"
"술은 자주 드세요?"

또 다른 정신과를 찾았다. 안경을 쓰고 깡마른, 사람 좋은 웃음을 지을 줄 아시는 원장님이 앉아계셨다. 테이블 옆에는 비상 호출 버튼이 있었다. 저 버튼을 누르면 데스크에도, 경찰에게도 연락이 가겠지 생각했다. 어떤 환자를 마주할지 모르는 정신과니까.

큰 충격을 받을 이벤트는 없었다. 가게를 운영하는 것이 힘들다 해도 쫄딱 망한 것은 아니었고, 아버지의 술 문제를 포함한 가족 문제가 있지만 워낙 오래전부터 앓았던 문제였다. 증상을 느끼기 시작한 것은 6개월 정도 되었다. 병원에도 가 봤지만 이래저래 해서 곧 관두었다. 생활 패턴도 비슷했다. 술은 거의 1년 넘게 하루도 거르지 않고 마셨다(가만, 나도 아버지처럼 정신과 치료가 절실히 필요했던 것 같다). 환절기 독감처럼 내 증상을 대하던 첫 번째 병원 의사와는 달리 이 선생님은 그래도 나를 파악하려고 하시는구나 싶었다.

"당장 술을 끊으셔야 해요. 알코올 의존증도 심하시네요. 아마 예전에 어느 시점부터 천천히 가라앉으셨을 거예요. 이런 분들은 올라오는 것도 천천히 올라오시거든요. 급하게 생각하지 마시고 장기간 노력하시면서 치료하셔야 해요."

의사 선생님은 치료 가능하다는 전제하에 나에게 이야기해주었다. 요즘 많이들 그렇다느니 하는 꼬리말은 없었다. 그것만으로도 위안이 되었다. 1분도 안 되어 진료가 끝난 첫 번째 병원에서와는 다르게 10분 가까이 의사 선생님과 이야기를 나누었다. 심리상담까지는 아니었지만 그래도 괜찮았다. 의사 선생님의 질문에 답하면서 지금 내 상태가 얼마나 심각한지 알았으니까. 당연하다고 생각했던 내 상태를 내 입으로 뱉어내고 보니 내가 나를 너무도 모르고 있었다.

주머니 가득 2주 치의 정신과 약을 받아들고서 집으로 왔다. 나도 이제 정신과 약을 먹는 사람이 되었구나, 하는 생각에 침울해졌다. 그렇다고 약에 의존해 가만히 있을 수는 없었다. 나아질 각오라면 정신과 문을 열고 들어갔을 때 이미 한 셈이다. 그날부터 술을 먹지 않았다. 일을 더 하고 싶었다. 가족을 떠나 폐쇄병동으로 들어가고 싶지 않았다.

나는 나답게 살고 싶었다.

마흔이 되어서야

요즘에야 MBTI와 같이 신빙성 있는 성격 유형 검사들이 자신을 이해하는 도구로 사용된다. 예전에도 몇몇 짧은 심리 테스트가 있었지만 그저 시간 보내기용 농담 수준이었다. 때문에 내 성격과 관련한 그나마 객관적인 지표는 오랜 시간 동안 곁에서 봐온 가족들의 평가였다. 어머니는 내 성격을 표현하는 방법으로 이런 말을 하셨다.

"성격은 착한데 성질이 더럽다."

성격과 성질에 대한 명확한 구분이 되지 않았던 시절이었고 '착한데 못됐다'라는 언어적 모순에 재밌다는 생각만 들었다. 내 MBTI는 INFJ라고 말할 수 있게 되기 전에는 술자리에서 그리고 잡담 자리에서 종종 어머니가 하신 말씀을 인용하고는 했다. 듣는 사람마다 웃음을 지었다. 물론 정확히 이해를 못 했을 것이다. 나조차 오랜 시간 동안 그랬으니까.

하루에 삼킬 약은 총 여섯 알이었다. 아침저녁으로 각각 세 알씩, 2주 치의 약을 받았다. 누군가 볼세라 주머니에 집어넣었다. 금세 주머니가 불룩하게 튀어나왔다. 이렇게 몇 주 치 약을 받아본 적은 처음이다. 기껏해야 발목을 삐끗해서 받은 소염진통제 일주일 치가 최대치였다. 내 지금 나이보다 조금 많던 즈음부터 고혈압과 당뇨약을 비닐 봉투 한가득 가지고 오셨던 아버지가 떠올랐다. 집으로 돌아와 아침 약과 저녁 약을 찢어 각기 다른 통에 담았다. 저녁 약봉지에만 "취침 전"이라는 투박한 도장이 찍혀있었다.

오묘했다. 내가 정신과 약을 삼키는 사람이라니. 그것도 언제까지 먹어야 한다는 기약 없는 약이라니. 생각을 거듭할수록 서글픈 생각이 들었다.

'나는 왜 이런 약을 삼켜내야 하는 걸까?'
'이렇게라도 다시 정상으로 돌아가는 게 맞을까?'
'다음에 또 힘들지 않을 거란 보장이 있나?'

더러운 성질이 또 울컥한다. 하필이면 나에게 왜 이런 시간이 온 걸까. 그저 한눈팔지 않고 열심히, 그리고 착하게 살아오려고 노력했는데 말이다. 웬만해서는 문제를 만들지 않기 위해 내가 돌아가는 일이 있더라도 좋게 좋게 해결하는 것이 미덕이라 생각했다. 내가 조금 손해 보는 것이 있다면 내가 조금 더 열심히 잘하면 된다고, 결국 사람들은 내 진심과 노력을 알아줄 것이라고.

정신과에는 생각보다 사람이 많았다. 그들의 표정은 각기 달랐지만 그렇다고 해서 '저 사람은 정신과 병원과 어울리네' 하는 생각을 할 만큼의 표정과 행동을 하는 사람은 없었다. 당연하다. 그저 길거리에서 마주치면 눈길 한 번 주지 않고 지나쳐도 모름직한 보통 사람들이었다. 그래, 맞다. 나 또한 길거리에서 지나치는 수많은 사람들에게는 그저 신경 쓰지 않아도 되는 평범한 사람일 뿐이다. 누가 착하게 살아왔고 누가 더 열심히 살아왔는지는 아무도 관심을 가지지 않는다.

문득 어머니의 말씀이 떠올랐다. 내 성격이 착해서, 착한 사람이라고 인정받고 싶어서 그토록 내 마음을 갉아먹었을까. 시장 한 모퉁이의 작은 카페를 운영하면서 유독 호빵맨 캐릭터에 애정이 갔던 이유가 그런 이유였을까(호빵맨은 자신의 머리를 떼어 배고픈 아이들에게 나누어준다). 그와는 반대로 더러운 성질 탓에 마음의 고요한 상태를 방해하는 무언가가 생기면 그렇게 속에서 천불이 났을까. 장이 뒤틀리고 숨이 막혀 죽을 것 같을 만큼.

성격이란 마음이 균형을 잡고 있을 때의 기본값을 뜻하는 거였다. 어리석게도 마흔이 가까워 오도록 좋은 사람이 되고 싶었다. 잔꾀를 부릴지언정 나쁜 사람이 되고 싶지는 않았다. 하지만 수평을 이루던 마음의 판이 한쪽으로 기울어 소중한 것들이 아래로 떨어져 버리면 그때는 성질이 드러나게 된다. 불안하고 초조하고 그래서 평정심을 잃어버리는 상황에서 그때야 자신의 성질대로 스스로를 파괴하고는 한다.

어머니 말씀이 옳았다.
나는 성격은 착하지만 성질이 못돼먹었다.
마흔이나 되어서야 그 말의 진짜 의미를 깨달았다.

10년 전 아내와 함께 서울 생활을 정리하고 강원도 원주로 내려왔다. 원주에서 자리 잡은 직장은 작은 식품 제조 회사였다. 회사에서 나름대로 인정을 받았다. 마음가짐이나 근무 태도가 이전과 달라진 건 아니었지만 운이 좋게 대표이사와 상사들의 눈에 띄었던 것 같다. 물론 처음에는 좋지 않은 시선도 있었다. 나름 고스펙의 신입사원이 이런 곳까지 온 데는 서울에서 사고를 쳤다든가 하는 이유가 있을 거라는 식이었다. 하지만 빠른 진급을 통한 입신양명과 직장 내에서의 영광 따위에 미련이 없었기에 거칠 것이 없었다. 비합리적이거나 비효율적이라고 생각하는 일이 있으면 냅다 들이받았다. 과장이든 부장이든 대표이사든 직급도 상관없었다. 그런 점 때문에 처음에는 부침이 있었지만 점점 믿을 만한 친구라는 평판을 얻을 수 있었을 거라고 생각한다.

더욱 운이 좋게도 대형 프로젝트를 성사시키면서 주임 직급을 건너뛰고 대리 직급을 달았다. 그간의 근무 태도와 업무 성과 때문이었지만 어쩌면 군번이 꼬이는 상황. 나보다 몇 년은 먼저 입사한 주임들보다 먼저 대리 직급이 되면서 졸지에 위치가 바뀌게 되었다. 물론 상호 존칭하는 문화가 있어서 선후배 간에 상하 질서는 없었으나 묘한 긴장감이 흐르는 것도 사실이었다. 뒤로 듣기로는 불만을 표출하는 부장님들이 몇 있었다고 한다. 아무리 명확한 성과가 있더라도 질서는 질서라는 주장이었나 보다. 아무리 선입선출 논리에 세뇌되어 있다 하더라도 지금 생각해보면 참 꼰대 마인드다. 미묘한 스트레스를 받고 있던 나에게 대표는 넌지시 이런 말을 꺼냈다.

"다른 사람들의 이야기에 신경 쓸 필요 없어. 어차피 인사권은 대표 권한이야."

아차 싶었다. 물론 좋은 말이다. '네가 진급할 만하니까 내가 힘써서 진급시켜 주었다. 그러니 신경 쓰지 말고 너 할 일을 하라'는 뜻이겠지. 하지만 무언가 삐딱한 마음이 요지경 속의 다른 미래를 보여주는 듯했다.

당시 나는 젊었다. 고작 30대 초반의 나이였고 이제 막 딸아이가 우리에게 선물처럼 왔을 때였다. 거칠 것 없이 앞으로 치고 달릴 때였고 어깨의 짐은 가벼웠다. 그러니 홀가분했다. 가진 것이 없을 때였다. 내가 가진 것이 없을 때에는 대표이사의 그 말이 믿을 만한 지원 선언처럼 느껴질 수 있지만, 내가 가진 것이 많아졌을 때에는 나를 옥죄는 목줄이 될 것 같았다. 나뿐만 아니라 우리 가족까지 모두. 아직 늙어보지 않아 모르겠지만 어렴풋이 그런 생각이 들었다.

딸아이가 태어나고 보다 안정된 가정을 꾸리기 위해 그렇게 몇 년간 회사를 다닌다. 지금까지 달성한 성과 외에도 도움을 주는 팀원들과 함께 몇몇의 성과를 내겠지. 하지만 회사에는 내가 뚫고 나아갈 수 없는 벽이 앞을 가로막고 있다. 가족 회사라는 한계. 임원직은 한정되어 있고 회사 창립 멤버들로 불리는 가족 직원들은 여전히 부장직을 달고 있겠지. 마흔이 되고 나면 어느덧 훌쩍 커버린 딸아이와 그때까지의 생활이 몸에 밴 아내와 그보다 더 채도가 떨어진 내가 되어있지 않을까. 예전의 패기는 희석되고 마흔을 앞두고 내가 얼마나 더 회사를 다닐 수 있는지 고민하기 시작하겠지. 좁은 업계와 그보다 좁은 지역사회를 생각하면 이직하기 위해서는 다른 지역으로 이동해야만 할 거다. 그것 또한 큰 결심이 필요하다.

그렇게 내가 그렇게 싫어했던 무채색의 영역으로 나도 모르게 들어가 버릴 것 같았다. 풍선처럼 부풀어진 생각이었지만 마음속 뾰족한 가시가 되어 쿡쿡 찔러댔다. 그래, 버티지 말자. 짐이 가벼울 때 떠나자. 나뿐만 아니라 우리 가족의 목숨줄까지 회사의 손에 넘겨주지 말자. 그렇게 몸에 박힌 가시를 빼내기까지 딱 1년이 걸렸다. 1년 후에 나는 사직서를 내고 자연인이 되었다.

사직서 낼 용기

찰싹!

"너 또 어디 가서 더듬더듬하면서 무슨 말 하려고!"

대표이사실 앞에서 결제 서류철을 들고 있었다. 결제 서류철 안에는 강의 요청에 대한 공문 서류가 있었다. 대학교에서 진행하는 강의에 지역별 실무자들을 초빙하여 이야기를 나누는 특강 형태 이벤트였다. 각 잡힌 강의라기보다는 가벼운 분위기에서 선배들과 대화하는 시간이라고 생각하면 되겠다. 마치 고등학교 때 먼저 대학 생활을 하고 있는 선배가 모교 방문을 왔을 때의 느낌이랄까.

감사하게도 나를 강사로 초빙해주는 담당자가 많았다. 말을 더듬거리는 버릇이 있음에도 불구하고 나를 콕 집어서 강의 요청이 들어오는 것을 보면 신기하기도 했다. 지금 생각해보면 아마도 실무에 대한 설명이라든가 포트폴리오를 통한 과거 나열 중심의 강의가 아니어서지 않나 싶다. 단순하게 내가 어떤 일을 했고 어떤 성과를 냈다는 이야기는 하지 않았다. 나조차 학생 때 그런 이야기를 듣기 싫었다. 좋은 이야기를 해주는 것보다 좋은 질문을 던져주는 것이 낫다고 판단했다.

처음 들어온 강의 요청 주제는 마케팅에 관련된 것이었다. 기획팀이었던 나에게 마케팅에 대한 강의 요청은 생소하고 두려웠다. 관련 전공을 한 것도 아니었다. 다른 대기업 실무자들에 비해 학생들이 호기심을 가질 만한 포트폴리오가 없었다. 지역의 생산 대행을 하는 작은 회사였기에 제품과 브랜드에 대해 이야기를 해도 그다지 호소력이 없을 것이라 판단했다. 그래서 나는 조금 다른 이야기를 하기로 했다.

"당신이 가진 최고의 상품은 바로 당신입니다. 당신에게 더욱 집중하며 자신을 가꾸어가세요."

지금 생각해보면 요즘 유행하는 퍼스널 브랜딩과 결을 같이하는 내용이었다. 결국 우리는 우리 자신을 팔아야 한다. 취업을 하든, 사업을 하든 모두 자기 자신을 성장시키고 고객의 공감을 얻어 성과를 도출해야만 한다. 그런데 나를 포함하여 꽤 많은 사람들이 자신을 평가절하하고 다른 곳에서 기회를 찾으려 한다는 것을 깨달았다. 오랜 시간 동안 머리를 꽁꽁 싸매어서 생각해낸 주제였는데 다행히 내 이야기가 학생들의 마음에 들었나 보다. 이후에 내 강의를 계기로 우리 회사에서 일하고 싶다며 지원한 친구도 있었다. 그 친구는 결국 내가 팀장으로 있는 팀에 배정되어 몇 년간 함께 일했다.

그렇게 나름대로 좋은 평가를 받다 보니 담당자들 사이에 입소문이 퍼졌다. 보통의 실무 강사들과는 다른, 생각거리를 던져주는 실무자가 있다고 말이다. 마침 기획 팀장 급으로 진급해서 섭외 담당자들 입장에서도 초대하기가 쉬워졌다. 나 또한 좋은 인재를 획득한 경험이 있다 보니 바쁜 스케줄 중에도 강의 요청이 있으면 참여하려고 했다. 언젠가 코드가 맞는 팀원들과 함께 멋진 프로젝트를 기획하고 맺음 짓는 상상을 하면서 말이다.

그날은 컨디션이 좋지 않았다. 단순한 슬럼프였을까. 할아버지가 돌아가신 뒤로 이전의 컨디션을 회복하기가 힘들었다. 더하여 이번 강의 요청 건은 급하게 들어온 건이라 결제 서류에 강의 자료를 첨부하지 못했다. 일단은 먼저 보고하고 차후에 강의 자료를 보고하겠다고 말하려 했다. 지금 생각해보면 그렇게까지 결제를 받아야 할 일도 아니었다. 특강으로 인한 출장을 신청하거나, 반려되면 연차를 쓰고 가면 될 일이었다. 그럼에도 하던 대로 대표이사실 밖에 서서 결제 순서를 기다렸다. 그때 출장을 위해 사무실을 나오던 대표이사와 마주쳤을 때 일이 터졌다.

'짝!'

장난처럼 보일 수도 있었겠지만 분명 내 뺨에 저 사람의 손바닥이 닿았다. 얼얼한 아픔을 느낄 정도는 아니었지만 마음이 무너졌다. 무슨 일인지 생각조차 하기 전에 나도 모르게 눈에 눈물이 고였다. 대표이사도 적잖이 당황한 것 같았다. 일단 다시 보고 올리겠다고 꾸벅 인사를 하고 사무실로 돌아왔다. 잠깐 책상에 앉아 눈물을 참다가 도저히 참지 못할 것 같아 위층으로 올라갔다.

　사무실 위층에는 쓰지 않는 공간들이 있었다. 과거 공장의 생산 직원들이 기숙사로 쓰던 공간이다. 그 방 한 곳에 들어가서 펑펑 울었다. 그냥 슬펐다. 그토록 사랑하던 할아버지가 돌아가셨을 때보다 더 서럽게 엉엉 울었다. 그때 대표이사에게 전화가 왔다. 목소리를 추스르고 전화를 받았다.

"네, 대표님."
"알았으니까 그냥 조심히 다녀와."
"네, 알겠습니다."

　자신은 장난처럼 휘두른 손에 다 큰 남자 어른의 눈에 맺힌 눈물을 보고 미안했을 것이다. 그렇지 않았다면 그렇게 출장 가는 차 안에서 다시 전화하지 않았을 것이다. 부끄러웠지만 아내에게 전화를 걸었다. 어린아이처럼 엉엉 울면서.

"알겠어. 바로 갈게."

아내가 갓 100일이 넘었던 아이를 데리고 운전해서 오겠다고
했다. 위험하다고, 괜찮다고 해도 막무가내였다. 마음속으로 전
화했던 나를 탓하면서 그러라고 했다. 충혈된 눈으로 반차 보고
서를 냈다. 사유는 "몸이 좋지 않아서."

사무실 창밖으로 바깥을 멍하니 바라보다 시간이 되어 주차장
으로 내려갔다. 아내는 걱정스러운 얼굴이었고, 카시트에 앉아있
던 딸아이는 이 시간에 보기 힘든 아빠를 보고 해맑게 웃었다. 눈
물이 금세 나올 것 같았지만 참았다. 아내와 아이 앞에서는 눈물
을 보이고 싶지 않았다. 집으로 가는 길에 아내가 당차게 말했다.

"그딴 회사 당장 그만둬."

나는 사직서를 낼 용기조차 없었을까.
아내의 말을 빌려 사직서를 내기로 한 못난 남편이었을까.

지워지지 않는 그을음

"시장에 불난 것 같은데요?"

2019년 1월 2일이었다. 아내는 출근하고 딸아이를 어린이집에 데려다주었다. 늦은 아침을 먹고 피곤한 몸을 침대에 누였다. 직장을 그만둔 지 딱 1년이 되었다. 그래도 1년간 잘 버텼다는, 다가올 한 해에는 조금 더 나아지겠지 하는 꿈을 가지고 1월 1일을 보낸 후였다. 원래는 정기 휴무일이었지만 새해 첫날이라 손님이 많을 것 같아 다음 날을 임시 공휴일로 정하고 가게를 열었다. 퇴사 이후 적어도 월급만큼 수익을 내기 위해 1년 동안 휴무일 없이 일했다. 잠깐 틈이 나면 침대에서 잠을 청하곤 했다. 그러다 침대에서 본 휴대전화 화면에 메시지 하나가 떠 있었다. 시장 청년 상인 단체 채팅방이었다.

불이 났다고? 불길한 예감이 스쳤다. 가짜뉴스나 작은 불이 아닌 것 같았다. 느낌이 그랬다. 포털 사이트에 들어갔다. 포털 사이트 메인에 '원주 중앙시장 화재'가 급상승 키워드로 올라와 있었다. 말 그대로 침대에서 튀어나왔다. 두꺼운 패딩 하나만 주워 입고 자전거에 올라타 페달을 힘껏 밟았다. 시장까지 가는 15분여 간 내 머릿속은 두 글자로 가득 차 있었다.

'제발, 제발, 제발….'

멀리서도 하늘 높이 솟구치는 검은 연기가 보였다. 시장이 가까워질수록 검은 연기의 몸통은 커졌다. 매캐한 연기 냄새도 슬슬 나는 것 같았다. 이미 시장 주변은 화재를 지켜보는 사람들로 인산인해였다. 생전 그렇게 많은 소방차를 본 적이 있었을까. 길거리에는 차량과 인원을 통제하는 소방대원들과 경찰 인력들이 정신없이 호루라기를 불고 있었다.

큰 직사각형 모양의 전통시장은 가로세로 4분면으로 나누어져 있었다. 그중 다동 1층에서 화재가 발생했다. 54년 된 건물과 화재에 취약한 내장재로 인해 불은 삽시간에 번져 2층과 옆 동으로 옮겨가고 있었다. 그 옆 동에 내가 운영하는 카페가 있었다. 생각할 틈이 없었다. 냅다 뛰어서 2층으로 올라갔다. 위험하다고 뒤에서 외치는 소리가 들렸는지 잘 모르겠다. 아무것도 들리지 않았고, 내 눈으로 확인해야만 했다. 2층에 채 올라가기 전부터 시야는 거의 보이지 않았고 회색의 연기로 숨 쉬기가 힘들었다. 팔뚝으로 코와 입을 막고 더듬거리며 가게로 갔다. 아직 여기까지

불이 옮겨붙지는 않았다. 하지만 조금만 더 있다가는 질식할 것 같아 일단 바깥으로 내려갔다.

소방대원들은 화재 확산을 막기 위해 거리가 조금 떨어진 상가부터 유리창을 깨고 불에 탈 만한 것들을 치우는 작업을 하고 있었다. 이전에 화재 진압을 하다가 운명을 달리한 안타까운 분들의 뉴스를 접한 터라 그제야 사람만은 다치지 않기를 진심으로 빌었다. 그렇게 발생한 화재는 한 동의 80%에 직접적인 피해를 입히고 반나절 만에 진압되었다.

불행 중 다행히 카페를 시작할 당시 가입해놓은 화재 보험 덕분에 약간의 보상을 받았다. 화재 이전 하루 평균 매출과 화재로 인해 손실을 입은 원부자재 재고 금액까지 100원 단위로 계산하여 보상금을 받았다. 턱없이 부족했지만 내 가게는 숯덩이로 변하지 않았다는 것만으로 위안 삼았다. 화재로 불타버린 가게는 손을 댈 수가 없었다. 더욱 속을 끓게 했던 이야기는 화재로 폐허가 된 매장에 밤새 도둑이 들어 비싼 기기들, 예를 들면 미싱 공방의 미싱기 등이 사라졌다는 것이었다. 정말이지 인간이라는 족속에 치가 떨렸다.

매장 구석구석을 하루 종일 닦아냈다. 걸레질 몇 번이면 걸레가 검게 변해 또 빨래를 했다. 그나마 먼지와 검정들은 걸레로 계속 닦아내면 없어졌지만 그을린 냄새는 도통 빠지지 않았다. 주방의 환풍기를 돌리면 조금은 나아진 것 같았지만 이내 가게 밖 복도의 냄새가 들어와 고역이었다. 탄내는 몇 달이 지나도록 빠지지 않았다. 괴롭힐 작정으로 일부러 떠나지 않는 미운 가시처럼 말이다. 게다가 화재에 대한 책임 소재가 불분명했다. 발화점인 가게 사장님이 들어놓은 화재 보험으로는 피해 매장들의 보상금을 감당하기에 턱없이 부족했다.

  직접적인 피해를 입은 상인들은 대부분 임차인들이었다. 재산권이라는 것이 없었다. 해봤자 원부자재 혹은 제품 재고 정도. 공간에 대한 재산권을 행사할 수가 없었다. 법이 그랬다. 피해 건물주들만 해도 수십 명이 되는 상황이었다. 작은 공간에서 자신만의 이야기를 꾸려가던 사람들은 말을 꺼낼 권리가 없었다. 점차 청년 상인들 사이에도 균열이 생기기 시작했다. 피해를 입은 청년 상인들은 자신들이 내는 소리에 힘을 보태어 달라며 하소연했고 몇몇 상인들은 우리가 할 수 있는 것이 없다며 조금만 더 기다려보자고 반박했다. 청년 상인 출신이라며 홍보하고 당선되었던 시의원도 입을 꾹 다물고 코빼기를 보이지 않았다. 몇몇 고위급 공무원들이 시장을 들렀지만 전통시장 상인회장과 지자체 담당자들을 만나고는 떠났다. 최선을 다해 복구하겠다는 형식적인 멘트만 내뱉고.

  코를 찌르는 그을음 냄새가 봄이 오도록 가시지를 않았다.
  그해의 겨울은 유난히 추웠다.

정말 저질이야

　카페가 있던 전통시장에 화재가 발생한 지 2년이 지났다. 피해 상인들에 대한 보상 문제는 소송으로 들어갔고, 불에 타버린 공간들은 출입금지라는 팻말만 걸린 채로 더 이상 진척이 없었다. 가끔씩 시장을 방문하는 사람들은 팻말 뒤로 보이는 검은 장막 같은 공간을 쳐다보며 혀끝을 찼다. 그런 상황에 내가 청년 상인 대표를 맡게 되었다. 화재 피해 청년 상인들 사이에서 보상에 대한 의견이 갈리면서 기존 청년상인회가 유명무실해졌기 때문이다. 이전 대표 사장님의 간곡한 부탁이 있었고, 전체 상인회장님도 손을 보태어 달라며 요청하셨다. 한참을 고민하다가 그래도 내가 도울 것이 분명 있을 것이라 생각하고 대표를 맡기로 했다. 누구도 나서지 않는 상황에서 나조차 가만히 있는다면 미래는 뻔했다. 모두 망하는 길이다.

　큰 화재 이후 꽤 많은 것들이 변한 것 같았지만 또 그리 변한 것도 없었다. 소 잃고 외양간 고치는 행정과 외부인의 시선은 여전했다. 나는 외양간을 고치러 오는 사람들을 잘 응대해서 다시는 다른 곳에서 소 잃는 일이 없었으면 하는 마음이었다. 그러던 중 소방서에서 소화기 설치 관련 문의가 들어왔다. 화재 이후 여러 고마운 곳으로부터 소화기 기부가 들어와 각 매장에 비치되어 있었다. 소방서 담당자는 각 매장이 아닌 시장 복도에 소화기를 설치하는 것이 어떻겠냐는 의견이었다.

청년들의 예술 시장이라는 콘셉트를 가지고 있던 터라 예술과 관련한 필름 스티커를 감싼 소화기를 비치해보자는 계획이었다. 그럴싸했다. 더하여 각 매장 앞 복도에 비치하는 소화기에는 매장 홍보 문구를 삽입하여 홍보 효과까지 노린다는 기획도 나쁘지 않아 보였다. 다만 소방서 내부 지침 때문에 소화기 구입과 전달까지는 가능하지만 소화기를 감싸는 필름 스티커 제작 비용은 각 매장에서 부담해주었으면 한다고 했다. 금액은 소화기 개당 5천 원꼴이었다. 그것이 화근이었다.

소방서 담당자분과 미팅을 한 뒤 의견을 물어보기 위해 청년 상인 단체 채팅방에 글을 올렸다. 이런 제안이 들어왔는데 어떻게 생각하시냐고. 불같이 달려드는 사람들이 있었다. 왜 그런 사항을 독단적으로 결정하느냐고 불만을 표출했다. 결정된 것이 아니고 제안이 들어왔으니 의견을 묻는 것이라고 재차 이야기해도 막무가내였다. 어디서부터 배배 꼬인 것인지, 아니면 문해력에 문제가 있는 것인지 도통 이해가 되지 않았다. 냅다 화를 내며 무조건 안 된다고, 아무리 청년상인 대표라고 해도 그러면 안 된다고 트집 잡고 생떼를 썼다. 도저히 설득되지 않겠다고 판단한 나는 담당 공무원분께 의견 조율이 필요할 듯하니 진행을 중지시켜 달라고 말씀드렸다.

며칠 후 한 통의 전화를 받았다. 소방서 담당자분이었다. 시장의 어느 청년 상인이 국민신문고에 이 사건에 대한 글을 올렸다는 것이다. 시장 상인회장이 소방서와 비밀리에 계약을 하고 상인들에게 소화기를 강매한다는 내용이란다. 덧붙여 시장 상인회장이 상인회를 운영하면서 온갖 비리를 저지르고 횡령 혐의도 있다는 글이 뒤를 이었다고 했다. 담당자분은 괜히 문제를 크게 만들고 싶지 않다며 계획은 없는 것으로 할 테니 상인들이 있는 단체 채팅방에 공지해서 국민신문고의 글을 내려달라고 간곡히 요청하셨다.

짐작 가는 사람이 있었다. 윤 사장이었다. 이전부터 시장 상인회장과 크고 작은 트러블이 있었고, 심지어 말싸움이 격해지자 경찰에 신고까지 한 사람이었다. 그리고 자신이 상인회장의 비리 내역을 모두 경찰에 신고했노라며 자랑스럽게 떠벌리고 다니던 사람이었다(조사 결과 무혐의 처분이 나왔던 것으로 안다).

"안녕하세요, 사장님. 혹시 주변 사장님 중에 국민신문고에 글을 올리셨다고 하시는 분 계실까요?"

"국민신문고요? 왜요?"

"소방서에서 연락 왔더라고요. 혹여나 주변에 그런 뉘앙스로 말씀하신 사장님이 있으면 좋게 좋게 이야기 좀 전달해 달라고요."

"아, 없는 것 같아요."

"그래요? 네 알겠습니다."

전화를 끊고 단체 채팅방에 메시지를 남겼다. 이러저러하니 글을 올리신 분이라면 내려주었으면 좋겠다고. 이 기획안은 없던 일로 하겠다고 말이다. 며칠 후 또 한 통의 전화를 받았다. 국민권익위원회라고 했다. 생전 처음 들어보는 기관이었다. 무슨 일이냐고 물었더니 또 다른 민원이 접수되었는데 소방서에서 국민신문고에 글을 올린 사람의 개인정보를 유출해서 청년 상인회장이 자신에게 압박을 넣는다는 내용이란다. 한 명이 떠올랐다. 아니 떠오를 수밖에 없었다. 내가 이 건과 관련해서 연락을 한 사람이 윤 사장뿐이었으니까. 나를 특정한 사람 이름이 누구냐고 물어보니 윤○○ 씨라고 했다. 맞네, 윤 사장.

다시 단체 채팅방에 글을 올렸다. 이런 일이 생겼다고. 뻔뻔한지 표독스러운지 모를 윤 사장은 나에게 그 사람이 누구냐며 꼬치꼬치 캐물었다. 이전 통화에서 국민권익위원회 담당자가 말했었다. 윤 사장이 민원인이라는 것을 밖으로 말하는 순간 정말 개인정보유출죄가 성립되니 조심하라고 말이다. 윤 사장은 그것을 아는 듯했다. 내 입에서 자신의 이름이 나오기만을 기다리는 사람처럼 자존심을 건드리고 비꼬면서 자극했다. 화가 머리끝까지 나고 위장이 뒤틀리는 듯한 고통이 일었다. 더 이상 할 말이 없다고, 상인 대표를 그만두겠노라고, 정말 죄송하다고 마무리 짓고 단체 채팅방을 나왔다. 내 욕을 하건 말건 작은 씨앗이 돌이킬 수 없을 정도로 커지기 전에 덮어두는 것이 낫다고 판단했다.

　이후 윤 사장은 평소와 마찬가지로 웃으면서 나에게 인사했다. 처음에는 두 가면을 쓴 사이코패스인가 싶었다. 혹은 정말 등 뒤에 칼을 숨기고 내 허점을 찾으려는 괴물이거나. 인간 군상을 두루 경험할 수 있다는 것이 자영업의 큰 장점이자 단점이라고는 생각했었다. 그런데 이번엔 달랐다. 사람이 무섭기까지 했다. 어쩌면 이런 사람을 일찍 만나봤다는 것을 위안 삼아야 하는 걸까? 앞 가게 사장님이 위로하러 오셨다. 평소에도 가타부타 별말씀이 없는 과묵한 분이신데 상황을 지켜보시다가 내가 안쓰러워 찾아주신 듯했다. 일이 이렇게 되어 죄송하다며 허허 웃는 나에게 덤덤한 표정으로 말씀하셨다.

　"사람들이 정말 저질이네요."

올이 아니야

과거 번영했던 도심의 밤은 쓸쓸하다. 남들은 이제 퇴색된다며 거리를 떠나는 와중에도 그곳에서 낭만과 가능성을 발견했다며 새롭게 시작하는 사람들이 있다. 나는 몇 안 되는 그들 중 한 사람이었다. 언제부터 비어 있었는지 모르던 공간을 카페로 만들었고, 집으로 향하는 사람 말고는 유동 인구가 없었던 작은 골목에 수제 맥주 펍을 차렸다. 어떤 이는 무모하다고 했고 어떤 이는 힙하다고 했다. 언젠가는 이 시장 바닥으로, 이 작은 골목으로 사람들이 찾아올 것이라 확신했다. 다만 개업한 지 한 달 만에 코로나19라는 전대미문의 전염병이 세계를 휩쓸 줄은 몰랐다.

목요일이 되면 으레 단체 손님들이 몰려온다. 직장인 시절의 나도 금요일보다 목요일 날의 회식이 편했다. 숙취로 인한 부담이 덜해서. 단체 손님들은 복불복이다. 정말 마지막 맥주 한잔을 위해 방문해서 간단한 안주와 맥주 한잔으로 마감 때까지 이야기보따리를 풀어놓는 단체가 있는가 하면, 법인카드 혹은 리더를 믿고 다양한 안주와 맥주를 눈치 보지 않고 시키는 그런 단체가 있다. 하지만 나는 처음부터 시끌벅적한 맥주 펍의 주인이 되고 싶지 않았다. 인적이 드문 골목길을 걷다 보면 '이런 곳에 맥주 집이 있다고?' 하는 말이 절로 나오는 위치에 조용히 숨어 있고 싶었다. 그래서 공간을 찾은 사람도, 찾음을 당한 사람도 모두 감사하고 기쁜 마음으로 만날 수 있었으면 했다. 그런 곳에 시끌벅적한 단체 손님은 코드가 맞지 않았다. 그리고 일단 단체가 휩쓸고 가면 치우는 것이 고역이 될 때가 많다.

한 무더기의 손님이 문을 열고 들어왔다. 가까운 곳에서 1차를 마치고 온 모양새였다. 차림과 쓰는 단어들을 모아 보니 가까운 곳의 은행원들인 것 같았다. 6명쯤 되는 일행이었으나 이미 단 하나뿐인 단체석은 먼저 온 손님이 차지하고 있었다. 단체석은 이미 찼다며 양해를 구하려는 순간 한 손님이 작은 골방을 가리키며 소리친다.

"어, 여기 분위기 좋은데? 여기 의자 두고 앉으면 안 돼요?"
"많이 좁으실 텐데 괜찮으세요?"
"아, 괜찮아요. 한 잔씩만 마시고 갈 거예요."

조용했던 가게는 금세 시끌벅적해졌다. 한 잔이 두 잔이 되고 두 잔이 석 잔이 되는 마법의 시간이다. 직장인들이 으레 그렇듯 만나면 다양한 주제와 이야기로 시간이 가는 줄 모른다. 주로 그날의 이슈나 상사 이야기가 대부분이다. 사람 사는 이야기는 모두 다른 것 같으면서도 비슷한 면이 있다. 시간이 흘러 단체 손님들은 마지막 손님이 되었다. 아직까지 작은 방에서 이야기를 나누고 있다. 저 팀만 나가면 정리하고 얼른 퇴근해야지 하는 생각이 머릿속에 가득했다. 주섬주섬 옷을 입는 소리가 들린다. 이제 자리를 정리하고 집에 갈 모양인가 보다.

'쨍그랑!'

유리잔과 몇 개의 그릇이 떨어지는 소리가 들린다. 아이고, 하는 남자 손님의 탄식이 들린다. 아마도 겉옷을 입고 자리에서 일어서면서 부딪쳤겠지. 그러니 작은 방에 여러 명이 들어가면 조심해야지. 오늘을 마감하는데 번거로운 일이 늘어나서 벌써부터 짜증이 솟아난다. 그런데 그때였다.

"괜찮아. 우리 그만큼 먹었어."

한 여자 손님이 내뱉었다. 무슨 말일까? 1차를 지나 2차까지 신나게 술을 마셔서 알큰하게 취했다는 뜻일까? 아니면 조용하고 작은 규모의 맥줏집에서 당신네들이 이 정도 팔아주었으니 맥주잔 한두 개 깨지고 바닥에 쏟은 것은 그냥 넘어가도 된다는 뜻일까. 내가 고약한 마음이 든 것인지 아니면 실제로 그랬는지 모르겠지만 그 순간 내 귀에 박힌 뉘앙스는 후자에 가까웠다. 삐뚤어진 마음에 확신을 준 것은 황급히 가게 문을 열고 나가는 사람 중에 죄송하다는 말을 하는 사람이 단 한 명도 없었다는 것이었다.

가슴이 벌벌 떨렸다. 자존심이 짓밟힌 기분이었다. 몇 푼 팔아 주었다고 그 정도의 미안함은 가지지 않아도 된다고 생각한 그 사고가 너무 괘씸했다. 어떻게 그렇게 생각할 수 있지? 그리고 다른 사람들은 어떻게 그 말을 인정하고 받아들이지? 사실 그 단체 손님들의 직장까지 알고 있었다. 내가 종종 방문하는 주거래 은행이었다. 몇 번 영업점을 방문했을 때 스쳐 지나간 얼굴들이 기억났다. '내가 저 은행에 얼마만큼의 돈을 예치해놓으면, 혹은 자금 거래를 하면 은행 바닥에 커피를 쏟고도 아무렇지 않게 나갈 수 있을까?' 하는 마음이 들었다. 어이없어 쳐다보는 행원들에게 이렇게 이야기하며.

"왜요? 저 그만큼 거래하고 있잖아요?"

심장이 터질 듯이 뛰고 손이 떨려서 마감이 손에 잡히지 않았다. 라스트 오더 시간이 조금 남았음에도 불구하고 미리 문을 닫았다. 그리고는 바닥과 의자에 흘러내린 맥주를 대충 닦아내었다. 산산조각 난 유리잔을 빗자루로 쓸어 담으면서 마음을 베여 버린 것 같은 아픔에 눈물이 날 뻔했다.

마음이 진정되는 데까지 꼬박 하룻밤이 걸렸다. 늦은 밤, 집에서 맥주를 마시면서 억울함과 안타까움을 곱씹었다. 나는 고작 10만 원도 안 되는 매출에 대한 보상으로 깨진 유리잔과 엎질러진 맥주 치우는 일을 당연히 해야 하는 사람인가? 처량했다는 표현이 맞겠다. 그동안 맥주 펍을 운영하면서 한두 번 겪은 일이 아니었지만 가슴을 헤집어놓은 그 한마디 때문에 상처에 빨간약을 바른 듯 쓰라렸다.

그때 결심했다.

불특정 다수의 고객을 상대하는 것이 아니라 내가 원하는 고객을 내가 정하겠다고.

그래서 갑을 관계가 아닌 동등한 위치에서 거래를 하겠다고.

을 따위 하지 않겠다고.

"사장님, 저희는 왜 차별하세요?"

무슨 소리인가 싶었다. 몇몇 청년 상인들이 차례로 가게로 들어와 캐물었다. 자초지종을 듣고 보니 내가 대표자로 새로이 만든 청년상인 협동조합을 이야기하는 것이었다. 저이들의 주장은 단순했다. 시장을 주소지로 하는 청년상인 협동조합이라면 모든 청년 상인들이 가입할 권리가 있다는 것이다. 너무나 당당히 이야기를 해서 나조차 내가 잘못한 건가 싶었다. 객관적으로 보았을 때 청년상인회와 청년상인 협동조합은 엄연히 다른 단체였다.

우선 청년상인회는 법적으로 아무런 효력이 없었다. 매월 회비를 걷는 것도 아니고, 기존의 시장상인회가 사단법인으로 구성되어 있었기 때문에 청년상인회는 동호회 혹은 소모임 성격에 그칠 수밖에 없었다. 때문에 새로운 프로젝트를 진행하려 할 때에도 번번이 좌절되었다. 청년몰 보조금이 확보되어도 오롯이 시장상인회의 몫이었다. 그런 조직의 운영진 일은 온전히 내 시간을 투자하는 봉사의 영역이고 수고로움의 자리였다. 그런데 그러한 선의를 다른 사람들은 당연하게 여기고 있었다. 처음부터 그래왔으니까.

협동조합도 마찬가지였다. 법인으로 시작하는 협동조합의 경우 다양한 프로젝트를 진행할 수 있게 된다. 독자적으로 보조금을 신청할 수 있고 신사업을 만들어갈 수 있다. 청년상인회장직을 내려두면서 몇몇 '시장 사람들'에게 환멸을 느낀 터라 오히려 독자적인 조직을 만드는 데 추진력을 얻었다. 그런 행보를 주변에서 지켜보던 '시장 사람들'이 우리도 끼워달라며 막무가내로 항의하는 것이었다.

말 그대로 또 한 번 탈탈 털렸다. 치가 떨렸다. 지난번 소화기 문제를 포함해서 그들은 크고 작은 이슈들로 나를 괴롭히기만 했다. 선의에 감사하다고, 수고하신다고 이야기하는 사람보다 냉큼 불만부터 말하는 상인들이 더 많았다. 화가 나서 버틸 수 없었던 이유는 나를 흔드는 말들이 시장을 위한 것이 아니라 오직 자신들의 이익에 관련한 것이었기 때문이다. 돌려 돌려 말했지만 결국 자기 가게만을 위한 이기적인 말이었다. 그렇게 카페를 운영하며, 청년상인회장직을 맡으며 사람에게는 감정 그릇이라는 것이 있다는 것을 절실히 깨달았다. 우리가 세상을 살아가면서 느끼는 감정, 그중에서도 특히나 '잘 살기 위한' 감정들은 유한하다는 것이다. 남을 배려하거나, 더 나은 목표를 위해 인내하는 등의 소위 '좋은 사람'이 되기 위한 여러 감정들은 사람마다 꺼내 쓸 수 있는 양이 정해져 있었다.

내가 아닌 다른 이들을 우선시하는 감정들은 발동하는 데 많은 에너지가 투입된다. 물론 배려심이 좋은 습관으로 자리 잡은 사람도 있다. 그런 사람들은 오래전부터 보고 배우며 자신도 모르는 사이에 감정이란 배터리의 용량이 커진 것이다. 오늘 밤의 결심만으로 배터리의 용량이 급작스레 커지지는 않는다는 말이다.

나는 가장 첫 번째로 청년상인 협동조합까지 탈퇴했다. 내가 주도적으로 기획하고 이사장직을 수행하고 있었지만 당시 나를 둘러싼 환경 중에서 그 일이 가장 많은 에너지를 뺏어가고 있었다. 지역에서 직접 로스팅 하는 청년 카페 사장님들을 일일이 섭외해서 드립 커피 세트를 만들고 지역에서 생산되는 쌀과 복숭아를 넣어 만든 수제 맥주도 출시했었다. 덕분에 지역 미디어에 인터뷰와 칼럼이 종종 실리기도 했다.

하지만 에너지 투입 대비 소득이 지나치게 낮았다. 효율이 좋지 않았다. 금전적 수입은 차치하고라도 일에서 오는 보람과 미래에 대한 비전까지, 지금의 힘듦을 극복하게 해줄 동기가 절대적으로 부족했다. 정말 죄송하다는 사과와 함께 이사장직 임기를 마치고 협동조합 활동을 그만두었다. 이끌어가는 것도, 쥐고 있는 것도 고통스러웠는데 하나를 그만두니 홀가분했다. 그것을 시작으로 카페와 맥주 펍도 정리하기로 결정했다. 당장 무엇을 해 먹고살지 막막했지만 일단은 비워야 했다. 그래야 무엇이든 채워질 테니까. 쉽지 않은 결정이다. 돌다리도 두드려보고 건너야 할 30대 후반의 가장이 손에 쥔 것들을 모두 내려놓겠다고 했을 때 어느 누가 옳다구나 응원해줄까. 무던하지만 나를 믿어주는 아내와 해맑게 웃어주는 딸아이밖에.

예전에는 한참을 충전해도 완충이 되지 않았다. 게다가 얼마 쓰지도 않았는데 금세 빨간불이 들어왔었다. 마치 수년을 사용한 휴대폰 배터리처럼 말이다. 배터리를 갈아 끼울 수 없는 상황이라면 일단 지금 켜져 있는 앱들을 모두 종료시켜야 한다. 필요에 따라 한동안 사용하지 않았던 앱들을 삭제해버리는 것도 좋은 방법이다. 지금 당장 사용할 핵심 기능을 위해서 말이다.

감정은 배터리다.
내 감정의 배터리를,
그리고 내 에너지를 아끼는 삶을 살아야 한다.

밤하늘과 새벽하늘은 느낌이 다르다. 밤하늘이 말랑말랑하다면 새벽하늘은 자로 잰 듯 반듯하다. 밤하늘이 마음을 몽글게 하는 에세이라면 새벽하늘은 정신을 찌릿하게 만드는 자기계발서 같달까. 그날도 그랬다. 언제부터였지는 모르지만 조금씩 침식되고 있던 날들 중 하루였다. 오후에는 동경수선 카페를 운영하고 저녁에는 횡단보도 하나를 건너가 수제 맥주 가게를 지켰다.

특별한 이슈가 있었던 것은 아니었다. 하루가 아니라 며칠을 고되게 만드는 진상 손님이 다녀간 것도 아니었다. 나는 왜 이렇게 힘들까 하는 질문도 완성형이 되지 못했다. 모든 것이 퍼즐 조각처럼 흩어져있었고 그것을 주워 담을 여력이 없었다. 이유는 모르겠다. 단지 화병인가 싶어 검색한 유튜브에서 명치를 아프도록 자극하라는 말을 들었다.

영업시간은 자정까지였지만 다행히도 마감 시간까지 자리를 지킨 손님은 없었다. 라스트 오더를 11시 30분으로 정해둔 까닭에 손님이 없으면 30분 정도 일찍 퇴근할 수 있다. 일종의 꼼수다. 대충 정리를 하는 둥 마는 둥 하고 내일의 나에게 일을 맡긴다. 그러고는 불이 모두 꺼져있는지 확인 후에 가게를 나선다.

낭만이 가득한 에세이 같은 밤하늘을 보며 터벅터벅 걸었다. 주차장까지 15분 정도 걸어가야 한다. 동경수선 카페와 수제 맥주 펍이 있는 곳은 원도심이라 주차하기가 참 애매한 동네다. 어쨌든 주차장으로 걸어가는 그 15분 동안 자정까지 하는 라디오를 듣는다. 엄지로 명치를 꾹꾹 눌러가며. 가수 옥상달빛이 DJ로 있는 프로그램이다. 조곤조곤 이야기하듯 프로그램이 흘러가 재밌는 친구들의 수다를 옆에서 듣는 기분이다. 무슨 까닭이었는지는 모르겠는데, 문득 내 사연을 보내고 싶었다. 별생각 없이 휴대폰을 주머니에서 끄집어내서 또각또각 적기 시작했다.

전통시장에서 작은 가게를 하는 30대입니다. 이 일 시작한 지도 3년이 다 되어 가네요. 1년 정도 정말 열심히 해서 어느 정도 안정권에 들어왔는데 그때 시장에 큰 불이 났어요. 시간이 지나 또 이 정도면 괜찮아졌다 싶었는데 코로나 19가…. 작년 10월부터 하루를 편히 쉬어본 적이 없네요. 그렇다 보니 작은 일이 닥쳐도 마음이 쉽게 무너져요. 하루빨리 시장을 찾는 손님들이 많아졌으면 좋겠습니다. 딱 하루만 쉬어봤으면 좋겠네요.

다음 날 밤 11시 55분. 어김없이 주차장으로 걸어가던 길에 내 사연이 라디오로 흘러나왔다. 사연과 덧붙여 DJ의 응원과 나를 위한 노래까지 나왔다. 나도 모르게 눈물이 고였다. 누가 보지 않음에도 불구하고 떨어뜨리지 않으려 눈에 힘을 주었다. 노래의 제목은 가수 홍대광의 '잘됐으면 좋겠다'였다.

그 후로 3년이 지나 모든 가게를 정리했다. 미운 정 고운 정 들었던 전통시장도 떠나게 되었다. 그때 그 라디오가 떠올랐다. 다시 휴대폰을 꺼내어 앱을 켜보았다. 검색해보니 종방되었다고 한다. DJ가 바뀐 것이다. 계속 옥상달빛이 DJ를 하고 있었다면 이제 시장을 떠나게 되었노라고, 그때는 정말 감사했노라고 사연을 보냈을 텐데.

야간 청소 일이 있는 날이다. 작업이 끝나니 11시 가까이 되었다. 마음이 몽글몽글해지는 밤하늘을 올려다본다. 귀에서는 그때의 옥상달빛의 응원과 잘됐으면 좋겠다는 멜로디가 은은하게 울리는 듯하다.

앞으로 잘됐으면 좋겠다.
아니, 나는 잘될 거야.
아니다. 나는 잘되는 사람이야.

최선의 대상이
틀렸다

"송 사장. 이번 계약 연장은 못 하겠어. 딸이 여기서 장사를 해야 할 것 같아."

딸랑딸랑 문 여는 소리가 들린다. 코로나 이후 손님이 뜸한 것이 익숙해진 나는 속으로 '웬일이야'를 중얼거리며 자리에서 일어선다. 손님이 아니라 건물주 할머니가 힘들게 매장 입구 계단을 올라오신다. 오셨냐고 사람 좋은 웃음을 지었다. 무슨 일 때문에 오셨냐고 물으니 쭈뼛쭈뼛거린다. 세상 미안한 표정으로 그만 나가달라고 한다. 나는 순간 그 자리에서 얼어붙었다. 아직 재계약을 하려면 6개월이나 남은 시점이었다. 미리 이야기를 해두어야 준비를 할 것 같아 오셨단다.

그때가 온 것인가 싶었다. 카페의 건물주는 3명이었다. 시장의 특성상 공간들이 잘게 쪼개어져 있었다. 게다가 세 공간 모두 10년 이상 버려둔 곳들이었다. 그런 공간들을 하나로 만들어 먼지를 닦아내고 꾸며내어 카페를 만들었다. 크기도 성격도 다른 공간들이었기에 인테리어를 다르게 했었다. 손님들은 오히려 색다르다며 좋아해주셨다. 대형 화재를 겪고 코로나로 암흑기가 왔지만 조금만 더, 조금만 더를 외치며 살아갈 방법을 구하던 때였다. 이후에 알아보니 법적으로 따져본다면 임차인 보호가 되는 상황이었다. 하지만 법적 공방까지 가기 싫었다. 톡 하면 쓰러질 것 같던 나날들이었기에 그 스트레스까지 감당하기가 두려웠다. 그래도 살아봐야지 하는 생각에 딱 한 번만 재계약을 해달라고 빌고 빌어서 얻어내었다. 단, 2년 후에는 아무 말 없이 나가는 조건이었다.

막상 2년이라는 시간을 벌었지만 더욱 암울해졌다. 남은 기간을 충실히 해보자는 의욕보다 목을 조여오는 카운트다운의 압박이 컸다. 초기에 투자한 창업 자금은 한 푼도 돌려받지 못하고 떠날 판이었으니까. 가족들 볼 면목도 없었다. 이제는 못 참을 것 같았다. 간간이 바람을 쐬며 답답함의 정도를 낮추었지만 이제는 그것도 힘듦의 영역으로 들어간 지 오래였다. 손님 없는 카페에 앉아 멍하니 창문만 바라보았다. 물론 그 작은 창문으로는 햇빛이 들어오지 않았다.

퇴사 후 차린 가게는 나의 일부였다. 다른 이를 만날 때 건네던 명함에는 내 이름은 없이 가게의 이름만 적어두었다. 많은 사람들이 내 이름 대신 가게 이름을 줄여 '동수' 사장님이라고 불러

주었다. 내 이름을 몰라주어도 괜찮았다. 내가 동수였고 동수는 곧 나였다. 그런데 착각이었다. 임대인의 한마디가 나를 환상에서 끄집어내어 다시 현실이라는 문밖으로 내몰았다. 끝나더라도 내가 끝내야 끝난다는 생각이 오만했다는 것도 깨달았다. 그렇다면 무엇이 진짜 내 것일까. 다른 사람 혹은 환경에 영향을 받지 않고 오로지 내가 완전히 지배할 수 있는 나만의 것. 생각을 물고 늘어져 보니 결국 남는 건 나 하나뿐이었다. 바로 나, 내가 죽을 때까지 나를 위해 모든 힘을 낼 수 있는 유일한 존재.

얼마 후, 어김없이 전날 밤 저녁 장사를 마치고 새벽 배송을 한 후 집에 들어왔다. 늦은 식사와 함께 맥주 피처 한 통을 마시고 잤더니 언제 잠이 들었는지, 잠을 잔 것 같지도 않았다. 그때 갑자기 하나의 유튜브 채널이 머릿속을 스쳐 지나갔다. 언제 봤는지 기억도 나지 않는 채널이었다. 퇴사 후 자신들의 스토리를 만들어가는 과정을 시작부터 기록으로 남겨두는 채널이었다. 일에 대해 자신들이 생각하는 새로운 정의를 내리고 그 생각을 공유하고 있었다. 그날 아침 딸아이를 어린이집에 데려다주고 나서 카페 카운터 의자에 앉아 아침에 생각난 유튜브 채널을 처음부터 다시 정주행했다.

'왜 하필 일이었을까?'
'나는 일하기 싫어서 힘든 게 아니었을까?'

어제까지는 익사할 것만 같았다. 어떻게든 숨을 쉬어보겠다고 허우적대었다. 허우적댈수록 가라앉는 느낌이었다. 더 이상 무언가를 할 수 없다는 공포감에 휩싸였다. 눈을 크게 떠도 내 주변은 깜깜한 어둠뿐이었다.

그런데 조금은 달라졌다. 어디서인지는 모르겠지만 아주 조금의 어둠이 걷히는 듯했다. 그렇다, 나는 일을 좋아했다. 그러니 일을 주제로 하는 유튜브 영상을 다시 보고 싶어졌으리라. 일하는 것이 싫어 스트레스로 숨이 턱까지 차오른 것이 아니었다. 그랬다면 매장 수를 늘리고 청년상인회장직을 자청하고 상인협동조합을 만들지도 않았을 것이다. 다만 내가 더 이상 성장하지 못한다는 생각이 들어서 답답했을 것이다. 내 마음대로 되는 것이 별로 없다는 것을 깨달았을 수도 있고. 작은 공간 안에 갇혀있던 내 무의식이 발버둥 치면서 싫다고 소리쳤을지도 모르겠다. 안타깝지만 나는 그것을 느끼지 못했다.

그렇다면 나는 나의 가치를 올리는 데에 집중해야 한다. 더디더라도 하루하루 나를 알아가고 나를 성장시켜야 한다. 그래서 문득 그 채널이 그날의 아침에 떠올랐을 것이다.

그날의 번뜩이는 생각 이후로 책을 미친 듯이 읽었다. 며칠 굶은 사람이 허겁지겁 입으로 음식을 쏟아 넣듯 읽었다. 눈으로 읽고 귀로도 들었다. 2~3일에 한 권씩 읽어나갔다. 읽어치웠다는 표현이 더 맞겠다. 왜 그랬을까? 왜 나는 책이 그렇게 고팠을까?

나의 정신이 답을 원했다. 학교를 졸업하고서는 책을 멀리했다. 기껏 만져본 책이라고는 두꺼운 영업용 카탈로그뿐이었다. 20대의 나는 내가 배울 것은 책이 아니라 현장에 있다고 믿었다. 책은 학생 시절에 충분히 봤다고 생각했으니까. 가끔 대형 서점의 자기계발, 경영경제 코너에서 책을 훑어보는 직장인들을 볼 때면 지금의 자리에서 최선을 다할 생각하지 않고 다른 분야를 기웃거리는 아저씨들이라고 폄하했다. 그런데 내가 이제 그런 아저씨가 되었다.

'일하면서 배운다. 그 방법이 나에게 맞는 일이다.'

스스로에게 최면을 걸었다. 사실 돌이켜보면 수능 시험 이후에 더 이상 공부를 하고 싶지 않았다. 공부는 책으로 대변되었고 공부는 감각적으로 인내와 고통을 유발했다. 결과적으로 책은 인내와 고통의 대명사였다. 그러니 책을 멀리할 수밖에. 하지만 마음 한편에는 책에 대한 막연한 동경심을 가지고 있었다. 나에게 책은 나를 박식하고 주체적인 삶을 사는 인간으로 포장해주는 좋은 아이템이었다.

그렇게 책을 읽은 지 수개월이 흘렀다. '나는 왜 일하지도 못할 지경이 되었을까'로 시작한 질문은 나의 정신이 건강하지 못하다는 결론으로 이어졌다. 정신이 건강하지 못하다는 것은 내가 잘못된 생각을 가지고 있었다는 것을 의미했다. 생각은 행동이 되고 행동은 결과가 되니까. 잘못된 생각은 당연히 잘못된 결과로 이어진다. 나는 단지 잘못 살아온 것이 아니라 잘못된 생각을 하고 있었던 것이다. 어쩌면 나는 과거의 내가 잘못 살았음을 증명하고 싶어서 책을 집어 들었는지도 모르겠다.

답을 찾고 싶었다. 그동안 이기적이고 맹목적으로 살아오면서 나를 외면했던 시간에 마침표를 찍고 싶었다. 이제껏 잘못 살았다는 걸 알았으니 마침표를 찍고 다음 문장으로 옮겨가고 싶었다.

결국 마침표는 찍히지 않았다. 작은 쉼표 하나가 찍혔을 뿐이다. 아주 작은 쉼표 하나를 찍기까지 참 오래도 걸렸다. 당시에는 마침표인 줄 알았는데 돋보기로 자세히 보니 끝에 꽁무니가 삐쭉 튀어나와 있었다. 그렇게 내 삶은 이어지고 있었다. 과거와 단절된 나는 없었다. 나는 모두 과거로부터의 연장선상에 위치하고 있었다. 털어내려 발버둥 쳤지만 털어낼 수 없었다. 애초에 불가능한 것이었다. 수많은 책을 미친 듯이 읽으면서 깨달은 것은 과거의 시간을 바꿀 수는 없지만 다른 눈으로는 볼 수 있다는 것. 과거의 시간과 지금의 나를 감싸고 있는 것들은 바뀌지 않았지만 그것을 보는 나의 눈은 달라질 수 있다는 것이었다. 물론 나로 인해. 그것만으로 모든 것이 달라졌다. 세상이 변한 것이 아니라 내 눈이 변했을 뿐이다. 그러므로 마침표가 아니라 쉼표인 것이다.

지금도 여전히 책을 읽고 있다. 습관적으로 책상에 책을 쌓아두고 책을 집어 든다. 이동을 하거나 일을 할 때에도 음악보다는 오디오북을 듣는다. 책이 나를 살렸기에, 아직 깨달을 것이 남았기에.

또 작은 쉼표를 찍어나가기 위해서.

내 스토리를 아는 것

오로지 나를 위해 스토리텔링에 대해 공부하기 시작했다. 그동안 묵혀두었던 과거 내 스토리에서 먼지를 털어내고 본래 색을 드러내 보이고 싶었다. 내가 가진 최고의 자산이 거기에 있을 것이라고 확신했다. 곧장 도서관으로 달려가 테이블 위에 한아름 책을 쌓아두고 읽어갔다. 나는 나에게 '넌 참 좋은 사람이야'라고 말을 건네고 싶었다. 그래야 살 것 같았다. 아니, 살아갈 이유가 생길 것 같았다.

애석하게도 강원도로 이사를 오면서 인간관계가 많이 정리되었다. 사실 서울 생활을 할 때에도 배움을 얻기 위해 만나는 사람은 드물었다. 그때의 내가 그랬다. 성장은 둘째 치고 내 앞가림하기에도 버거운 날들이었다. 만약 내가 살아오는 데 있어 아낌없는 조언을 해줄 사람이 한 명이라도 있었다면, 그럴 사람을 찾기 위해 애를 썼다면 직장 생활을 하고 가게를 운영하면서 이렇게까지 힘들지는 않았을 거라는 생각이 들었다.

좋은 선생은 정답을 알려주는 것이 아니라 좋은 질문을 해준다. 나에게는 책이 좋은 선생이었다. 수많은 책의 저자들은 내가 왜 여기까지 오게 되었고 왜 그토록 힘들어했는지까지 감당하기 어려운 질문을 던져댔다. 얼굴도 모르는 저자들에게 뒤통수를 맞는 횟수가 점점 늘어났다. 어렵기만 했던 질문에 대한 답을 찾다보니 책의 주제 범위가 넓어졌다. 범위가 넓어질수록 질문에 대한 답의 경계는 점점 명확해져 갔다.

'내가 나를 몰라봤다.'

그때까지의 나는 그냥 지금의 나였다. 지금의 나는 1초 뒤에 과거의 내가 되고, 지금의 내가 있기에 1초 뒤의 나는 지금의 내가 되었다. 간단하지만 생각보다 깨닫기 어려운 일이다. 나는 그냥 흘러가는 대로 살아왔다. 그저 어렴풋한 바람을 지니고 있었고, 저 멀리 도착점이 얼른 다가왔으면 좋겠다고 희망만 품고 있었다. 아니면 말고 식으로.

시간은 차곡차곡 쌓인다. 수십 년간 퇴적된 땅 위에서 자라는 나무가 지금의 내 모습이다. 나무가 아프다면, 주사를 맞아도 나아질 기미가 없다면 그때는 땅을 파보아야 하는 시기다. 뿌리가 상하더라도 한두 해는 괜찮은 열매가 맺힐 수 있다. 하지만 그것은 그리 오래가지 않는다. 이미 뿌리가 상했는데 열매가 괜찮을 리 있을까. 나도 마찬가지였다. 내가 가지고 있는 뿌리에 대해 그리 깊게 고민하지 않았다. 그러니 가꾸려 들지도 않았다. 그저 달콤한 열매를 원했던 내가 지금 생각해도 부끄럽다.

　그럴 때는 땅을 한번 헤집어주어야 한다. 힘들고 버거운 일이 겠지만, 다시 뿌리를 내리기에 시간이 오래 걸리겠지만 나무가 더 성장하고 괜찮은 열매를 맺기 위해서는 꼭 필요한 일이다. 그래서 나는 내가 가지고 있는 이야기를 하나씩 살펴봤다. 좋았던 기억들과 영광스러운 추억들도 있었다. 반면에 가슴 미어질 듯 아팠던 이야기들도 있었다. 타인뿐만 아니라 나조차도 낯부끄러운 이야기들도 있었다. 모두 헤집어야 했다. 그것들을 제대로 바라보고 상한 부분들을 도려내야 했다. 아니, 상한 부분들은 더 이상 상하지 않게 햇볕에 꺼내놓아야 했다. 그래야 다른 것도 상하게 하지 않으니까.

　그렇게 나는 나를 다시 찾는 여정을 시작했다.

사는 것이 바빴다. 버티자는 생각만 머릿속에 가득했다. 새로운 지식, 고민, 명상은 사치였다. 그렇게 바쁘다 바쁘다를 속으로 되뇌며 달리다 보니 몸과 마음에 병이 생겼다. 그대로 고꾸라졌다. 하필이면 넘어진 곳이 진흙탕이라 다른 사람들이 봐도 저 사람 넘어졌다는 것을 쉽게 알 수 있었다.

"되게 열심히 하시는 모습이 보기 좋아요. 그런데 뭔가 이를 악물고 하시는 것 같아서 안쓰러워 보일 때가 있더라고요."

전부터 나를 알고 있던 한 대표님은 응원과 동시에 날카로운 메시지를 던져주었다. 맞다. 나는 이를 악물고 일하고 있었다. 왜 그랬을까? 보여주고 싶었다. 가까이에 있는 주변 동료들에게도, 가족들에게도, 친구들에게도 내가 잘못된 선택을 하지 않았다는 것을 증명하고 싶었다. 빠르게 멀리 가지도 않으면서 지금 내가 열심히 페달을 밟고 있는 모습만 보여주고 싶었다.

자전거의 체인이 빠지면 아무리 페달을 열심히 밟아도 앞으로 나아가지 않는다. 체인이 열심히 돌아가면서 쇳소리를 내지만 정작 바퀴에 힘이 전달되지 않아 제자리에 멈춰있다. 그 꼴이 딱 내 꼴이었다. 기어를 끝으로 내리다 보면 힘이 적게 들어가는 만큼 페달을 밟기 쉬워진다. 하지만 바퀴에 힘이 적게 들어가 자전거 속도는 느리다. 반대로 기어를 올리면 페달 한 바퀴를 돌리는 데 많은 힘이 들어가지만 한 바퀴만 굴려보면 탄력을 받아 훨씬 빠르게 멀리 나아갈 수 있다.

그렇게 나는 페달을 밟는 데 온 신경을 쓰고 있었다. 보기 좋은, 허울 좋은 비전을 꿈꾸었지만 정작 바퀴와 체인은 분리되어 있었다. 그러니 속도가 날 리가 없었다. 앞으로 나아가기라도 한다면 다행이지만 그럴 리가 있겠는가. 발은 열심히 구르고 있었고 페달은 돌아가고 체인은 시끄러운 소리를 내며 운동했지만 결국 제자리였다. 그렇게 중심을 잃고 고꾸라졌다.

앞으로 나아가지 못하면 자전거는 넘어진다. 아, 외발자전거를 자유자재로 다룰 정도로 자신의 균형을 끊임없이 갈고닦은 사람이라면 가능하겠다. 하지만 그런 사람은 세상에 많지 않다. 그런 사람을 만나는 것도 꿈만 같은 일이다.

자전거는 나아가야 한다. 오히려 멈추어 있는 자전거에서 균형 잡는 것이 더 힘들다. 속도는 적당해야 한다. 너무 빠르면 갑자기 튀어나오는 위험에 대응할 시간이 부족하고, 너무 느리면 균형을 못 잡고 혼자서 자빠질 가능성이 높다. 내 다리 힘에 맞게 기어를 조절하고 페달을 밟아야 한다. 내가 원하는 이상이 저기 멀리 있다고 다른 이의 페이스를 따라가면 금세 지쳐버리고 만다. 지쳐버리면 다시 속도가 느려지다가 속도가 0에 수렴한다. 그러면 결과는 뻔하다.

조급해하지 말고 나아가야 한다.
그래야 내가 균형을 맞춘다.
균형을 맞춰야 쓰러지지 않는다.

파도를 이기려 하지 않기

강원도로 이사 오고 나서 좋은 취미를 가지고 싶었다. 서울에서 생활할 때는 하기 힘들었던 취미. 서울에서 마지막으로 다니던 직장의 선배로부터 서핑에 대한 이야기를 들었다. 한국에서 서핑을 할 수 있다고? 하와이나 발리 같은 곳에서 하는 거 아닌가 싶었지만 실제로 서핑을 즐기는 사람들이 생겨나고 있었다. 선배의 소개를 받아 집에서 두 시간 거리에 있는 양양 해변을 찾았다. 얼마 되지 않는 사람들이 핑크색과 하늘색 서핑 보드를 튜브 삼아 바다 위에 떠 있었다.

아내는 해변에 몇 있는 소나무 그늘 아래에 간이 텐트를 치고 라디오를 켜놓고 책을 읽었다. 나는 슈트와 보드를 빌려 바다로 나간다. 비루한 몸이라 밸런스 잡기가 참 힘들다. 매일 해도 될까 말까 한 운동신경인데 한 달에 두어 번꼴로 하니 잘될 리가. 그러니 서핑 보드 위에서 팔로 물을 저어 나가는 패들링만 실컷 하다 오는 거다.

서핑하다 보면 참 좋은 것들을 많이 배운다. 서핑 매너 중 하나가 한 파도에는 한 서퍼만 파도를 타는 것이다. 같은 파도를 두 사람이 함께 타면 충돌의 위험이 있기 때문에. 티브이에서 본 것 같은 하와이의 좋은 파도가 드문 잔잔한 바다이기에 간간이 밀려오는 적당한 파도만 봐도 욕심이 난다. 그래도 참는 거다. 저기에 있는 서퍼가 먼저 파도를 잡고 있으면 나는 다음을 기다린다. 내 것이 아님을 아는 것이다. 파도는 또 온다. 수도 없이 온다. 오늘 오지 않으면 내일 온다. 내 파도를 기다리면 된다.

여름에는 서핑에 도전하고 겨울에는 스노보드에 몇 번 도전했다. 서핑과 스노보드의 가장 큰 차이점은 리프트의 유무다. 스노보드는 코스별로 리프트가 따로 있다. 정상까지 올라가는 수고를 덜어주는 데에 비용이 필요하다. 리프트권 값이 입장권인 셈이다. 하지만 서핑은 다르다. 내 체력이 리프트권이다. 패들링을 하고 파도를 잡을 수 있는 체력이 무한하다면 무한으로 즐길 수 있다는 장점이 있다. 물론 두 시간만 바다에 떠 있어도 하루 체력을 소진하는 저질 체력이지만. 마냥 파도를 기다리다 파도 잡는 것에 연이어 실패해도 다시 바다로 나갈 수 있는 힘만 있으면 다시 도전할 수 있다. 결국 성공이든 실패든 내 체력이 있으면 언제든지 재도전이 가능하다. 패들링을 계속하는 사람에게는 언젠가 반드시 좋은 파도가 오니까.

파도를 성공적으로 잡았든 중간에 빠졌든 다시 바다로 나가야 한다. 파도를 넘어 바다로 나가야 한다. 서핑 보드에 몸을 싣고 패들링으로 나가는 것이 보통이지만 수영으로 파도를 넘어가야 할 때가 있다. 그때는 파도를 넘어가면 안 된다. 수영할 줄 안다고, 체력이 좋다고 파도 위로 헤엄쳐서 가면 고생고생해도 제자리인 경우가 많다. 아니면 파도에 휩쓸려 떠밀리거나. 안전하면서 앞으로 조금이라도 나아갈 수 있는 방법은 파도 안으로 들어가는 거다. 물 위의 파도에 흔들리지 말고 물 아래로 잠수해서 가는 거다. 적어도 떠밀리지는 않으니 힘을 덜 들이고 내가 가고 싶은 만큼 나아갈 수 있다. 처음엔 잠수하는 것이 겁나지만 그것을 이겨 내면 훨씬 리스크를 줄일 수 있다.

영화 <친구>의 아역들이 서로 이런 질문을 한다. 조오련과 바다거북이 수영 대결을 하면 누가 이기겠냐고. 이제는 고인이 된 조오련 씨를 마주할 기회는 없어졌지만 바다거북이 수영하는 모습을 보면 경이롭기까지 하다. 평소에는 두둥실 떠다니는 것처럼 보이지만 어느 순간만큼은 기를 쓰고 팔을 젓는다. 조류가 자신이 가려는 방향으로 바뀌었기 때문에. 바다거북은 팔을 저을 때를 아는 것이다.

나는 바다거북처럼 언젠가 다가올 나의 때를 기다리고 있다.
그때가 오면 신나게 패들링을 해야지.

실패한 투자

가족 행사로 부모님 댁에 내려간 김에 사표 냈다고 부모님께 말씀드리고 돌아온 뒤였다. 쌀쌀한 겨울바람이 불어오는 계절에 퇴사를 앞둔 퇴사 준비생의 퇴근 시간은 여전히 정시였다. 대충 요기만 하고 카페 동경수선으로 두 번째 출근을 서두를 때에 아내가 어렵게 말을 꺼냈다. 어머니로부터 전화가 왔단다. 번쩍하고 생각이 스쳤다.

"내가 퇴사한 거 때문에 그래?"

부모님 댁에서 어렵사리 말을 꺼냈었다. 사표 냈다고. 적잖이 당황하신 부모님의 표정을 보았다. 제 잘못을 들키고 변명하는 어린아이처럼 이런저런 이야기로 둘러댔다. 아니, 둘러댔다기보다 내가 퇴사를 하기로 한 선택이 불가피했다는 것을 소명하는 자리였다. 대표이사가 나를 어떻게 대했다느니, 기존에 하고 있던 가게를 조금 더 키워보면 월급만큼 수익은 나올 것 같다느니,

아직 젊으니 장사하다가 잘 안되면 다시 취업하면 된다느니, 부모님을 안심시킬 수 있을 거라 착각할 만한 이야기들을 쏟아냈다. 그것이 최선이었다.

어릴 때부터 어머니는 나에게 많은 기대를 하셨다. 아버지는 나름대로 안정적인 직장에 다니셨지만 항상 술 문제로 조마조마한 줄타기를 하셨다. 그렇다고 할아버지로부터 도움 받은 것도 딱히 없었다. 게다가 할아버지는 내 부모님께 거동이 불편하신 6촌 어르신의 집 근처에 신혼집을 차리고 어르신 내외의 식사까지 봐 드리라고 하셨단다. 식모살이나 다름없었다. 지금이었으면 펄쩍 뛸 이야기다.

"아이들만 잘 키워라. 나중에 재산 다 물려주마."

40년 전 24살의 어린 엄마는 시아버지의 말씀을 철석같이 믿었다. 아니, 믿을 수밖에 없었다. 여느 어른들과 마찬가지로 부모님은 별다른 재테크를 하지 않으셨던 것으로 기억한다. 그저 꼬박꼬박 나오는 월급을 차곡차곡 모아서 세간살이를 늘려나가셨다. 내가 결혼할 때에도 엄마는 아내에게 작게 시작해도 키워가는 맛이 있다는 이야기를 하셨다. 결혼하고 새 살림을 시작하는데 많이 보태주지 못해 미안하다는 말을 자신의 자존감을 해치지 않고 둘러 둘러 하신 말씀일 테다.

나는 어릴 때부터 부모님과 온 가족의 집중 투자 대상이었다. 그도 그럴 것이 인풋 값에 정직한 아웃풋으로 보답했으니까. 투자자 입장에서는 재미있는 투자처였을 것이다. 뒷바라지를 한 만큼, 학부모회 육성회비를 낸 만큼 아들이 우등생이라는 평판과 선생님들의 칭찬이 뒤따랐다. 엄마는 일상 속 고난을 '잘난 아들'이란 투자처가 주는 도파민으로 이겨냈을지도 모르겠다.

할아버지는 맏손주가 천재라며 동네방네 소문을 내고 다니셨다. 한없이 무섭고 무뚝뚝한 분이셨지만 내가 갓난아기일 땐 나를 지게에 이고 밭일을 다니실 만큼 애정을 쏟으셨다고 한다. 평생 농사일로 지낸 촌부의 장손이 행실도 바르고 공부도 잘한다니 이보다 더 큰 기쁨이 어디 있겠는가. 그래서 할아버지는 어린 나에게 항상 '서울대 법대'를 가라고 말씀하셨다. 판사가 되라고 하셨다. 나는 정말 내가 천재여서 서울대 법대는 갈 수 있을 것 같았다. 세상 물정 모르는 아이였다.

그 아이는 점점 부모님이 생각하고 있던, 혹은 꿈꾸었던 경로를 이탈했다. 부모의 그늘에서 벗어나 기숙학교로 들어가서는 시험 성적이 곤두박질치기 시작했다. 공부는 안 하고 철학 책 같은 쓸데없는 책을 읽고 공상에 빠졌다. 수능을 망친 내게 부모님은 재수를 권했지만 나는 하기 싫다고 요령껏 점수에 맞춰 대학을 갔다. 교육과정이 바뀌면서 상대적으로 시험 범위가 줄어든 탓에 재수를 한 다른 친구들은 정말이지 모두 명문대에 진학했다.

대학을 졸업하고 ROTC 장교로 군 복무를 시작했다. 충분히 장기 복무를 통해 직업군인이 될 수 있었음에도 굳이 전역을 하겠다고 나왔다. 취업난이라고 연일 뉴스에서 떠들어대는데 생뚱맞게 방송국 PD가 되겠다고 나섰다. 대단한 건지는 모르겠지만 금세 방송국에 취직했다는 이야기를 한다. 자정이 넘은 새벽에 하는 코미디 프로그램이라는데 졸린 눈을 겨우 뜨고 봐도 뭐가 웃긴 건지 도통 모르겠다. 그러더니 어느 업력이 괜찮은, 꽤 익숙한 브랜드의 회사에 들어가서 결혼까지 하니 마음이 놓였다. 하지만 몇 년을 못 버티고 지방으로 내려간다고 한다. 내려간 곳의 회사에서 자리를 잡나 싶었더니 또 몇 년 못 버티고 나와서 장사를 한다고 하는 것이다.

어머니는 아내에게 전화를 걸어 아들을 잘못 키운 것 같아서 미안하다고 우셨단다. 다양한 사람들과 함께 생활하는 직장 생활을 못 버티는 사회성 없는 아들로 키운 것 같아서 아내가 마음고생을 하게 되었다고. 사돈어른들 뵙기 부끄럽다고. 아내는 나보다 더 무덤덤한 사람이다. 더 냉철하게 생각하고 이성적으로 판단한다. 오히려 아내는 울면서 전화하는 시어머니가 이해가 안 되었으리라.

바르게 나아가고 있는데 자꾸 실패라고 하니까.

마지막 직장은 식음료 회사였다. 유제품과 컵 커피 등을 만드는 회사였는데 대기업의 주문을 받아 납품하는 OEM 전문 회사였다. 그렇다 보니 국내 주요 대기업과 편의점 브랜드의 제품들을 가장 먼저 접할 수 있었다. 아마도 그때의 경험이 카페 창업과 수제 맥주 펍까지 이어졌는지도 모르겠다.

업종 특성상 블라인드 시음 테스트가 잦았다. 신제품 품평회는 물론이고 매번 생산되는 제품들의 맛을 구분하여 이상 유무를 확인하는 과정인 관능검사에 참여했다. 하루는 사무직과 현장직 직원들을 대상으로 간이 검사를 해봤다. 하나는 대기업 브랜드 병에 담긴 우유, 다른 하나는 자회사 브랜드 병에 담긴 우유였다. 사실 두 병에 담긴 우유 모두 우리 회사 제품이었다.

원래 블라인드 테스트란 라벨을 보지 않고 진행하는 것이 원칙이지만 정식 테스트가 아닌 자연스러운 상황을 연출하여 두 제품간의 차이점을 물어보는 형태로 진행되었다. 테스트 결과는 흥미로웠다. 직원들 대다수가 대기업 병에 담긴 우유를 조금 더 맛있다고 느꼈다. 맛이라는 영역은 매우 주관적인 영역이다. 때문에 우열을 가리는 주요 기준은 느낌이다. 대기업 병에 담긴 우유 맛이 조금 더 고소하다거나 바디감이 있다는 등의 의견이 많았다. 둘의 맛이 거의 비슷해서 우열을 가리기 힘들다는 의견이 뒤를 이었고, 자사 제품이 더 맛있다는 의견은 거의 없었다.

불안장애와 우울증 진단을 받고 두 가게를 모두 정리하기까지 6개월이 걸렸다. 모든 세상이 커다란 수족관같이 느껴지던 중에 정말이지 한순간에 모든 것이 바뀌었다. 아니 바꾸었다는 표현이 더 적절하겠다. 술을 당장 끊어야 한다는 말에 몇 년간 물처럼 마시던 맥주를 더 이상 마시지 않았다. 권유가 아닌 필수로 운동을 하라는 말에 당장 수영복을 챙겨서 수영장으로 갔다. 몇 년간 지속되던 생활 패턴을 손바닥 뒤집듯이 바꿨다.

내 생활 패턴이 바뀌니 내 환경이 모두 바뀌었다. 아침마다 당연한 듯한 숙취로 멍때리며 아무 생각 없이 몸을 움직이지 않게 되었다. 실제 물이 가득 담긴 수영장에서 오직 호흡에 집중하면서 몸이 가벼워지는 느낌을 알게 되었다. 식사도 되도록 규칙적으로, 그리고 건강하게 하려고 마음먹으면서 하루하루 나아지는 것을 느꼈다.

내가 힘들어 하는 일도, 내가 도망치고 싶어 했던 환경들도 모두 내가 만든 것이었다. 내 의지와 용기가 있다면 과거 어느 날에 당장이라도 손바닥 뒤집듯 바꿀 수 있었을 것이다. 나는 어리석게도 한참을 괴로워하다 정신과 의사의 경고를 받은 뒤에야 실마리를 찾았다. 어쩌면 나는 생활 패턴부터 바꾸라고 말해줄 권위자라는 방아쇠가 필요했는지 모르겠다.

앞서 이야기한 우유 테스트의 결과를 알려주면 다들 머쓱해 했다. 테스트에 참여하지 않은 사람들에게도 이야기를 들려주면 자신은 그런 선택을 하지 않을 것이라고 호언장담한다. 과연 그럴까? 이 세상은 주관과 객관의 영역으로 구성되어 있다. 물론 개개인의 주관과 객관의 영역이다. 주관과 객관을 구분 짓는 판정단은 누구일까? 바로 나의 주관이다. 객관이라고 착각하는 주관의 관점이 각자의 세상을 만들고 그 안에서 자기 자신을 살아가게 만든다. 정말 한 끗 차이다.

추울 때 얼어붙은 손에 입김을 '하' 하고 불어넣어 본 적이 있다. 따뜻한 날에 딸아이의 바람개비건 연고를 바른 손가락이건 '후' 하고 입바람을 불어본 적 있다. 내 입에서 나온 같은 입김이지만 '하' 하고 분 입김은 따뜻하게 느껴지고 '후' 하고 분 입김은 시원하게 느껴진다. 입김을 불어넣는 내 체온에 이상이 생겼을 리 없다. 사실 두 입김은 같다. 같은 공기가 입 모양 하나로 인해 따뜻하게 느껴지기도, 시원하게 느껴지기도 한다.

모든 것이 내 마음이다. 내가 나아지고 싶다고 마음먹으면 그때부터 많은 것들이 달라졌다. 나는 이제 건강한 사람이라고 마음먹으니 실제로도 눈에 띄게 우울증 상태가 호전되었다. 나는 이제 불안에 휘둘리지 않는 사람이라고 마음먹으니 나를 괴롭히던 것들에 눈길이 가지 않았다. 모든 것이 내가 마음먹기에 달렸다는 것을 깨달은 뒤로 머리 위까지 가득 차 있던 보이지 않는 수족관의 물이 빠지기 시작했다. 조금씩 조금씩 줄어들던 물은 꼬박 1년이 지나고서 발아래까지 모두 빠졌다. 이제 더 이상 허우적대지 않고 물이 빠진 딱딱한 수족관 바닥을 온전히 발로 지탱해서 서 있을 수 있게 되었다.

내가 뒤집을 수 있었던 것은 내 손바닥이었고, 내 손바닥을 뒤집으며 내가 달라졌다.

"누나야, 떨어졌다고 생각해라. 그러면 편하다."

열 살 즈음이었을 거다. 우리 집에 사촌 누나가 취업 준비 때문에 머무르고 있었다. 사촌 누나라고는 하지만 스무 살 가까이의 터울이다. 그날 누나는 회사 면접을 보고 왔는데 잘 안된 것 같았다. 시무룩한 표정을 한 누나에게 다가가 떨어졌다고 생각하면 편하지 않겠냐고 말했다. 초등학생 꼬맹이가 자신을 놀리는 줄 알고 누나는 눈을 흘겼다. 나는 황급히 말을 이었다.

"떨어졌다고 생각하면 나중에 합격했을 때 더 기쁘잖아. 실제로 떨어지면 슬픔이 덜하고. 그래서 그렇게 말한 거다."

흘기던 눈이 동그랗게 떠진다. 어디서 그런 이야기를 들었냐고 했다. 네 말이 맞다고. 그렇게 생각하면 마음이 더 편해질지 모르겠다고. 금세 오해가 풀렸는지 그렇게 말해줘서 고맙다고 했다.

내심 뿌듯하게 누나의 방을 나왔던 기억이다.

이제 와 돌아보자면 어쩌면 그게 내가 듣고 싶었던 이야기였을지 모르겠다. 아예 몇 개 틀렸다고 생각했으면, 이번에도 떨어졌다고 생각했으면. 어머니가 내 시험 성적과 수학 경시대회 등에 대해 그렇게 생각했으면 내가 덜 혼나지 않을까 생각했던 것 같다.

어머니는 내가 어릴 때부터 뜨개질을 하셨다. 처음은 작은 티코스터나 목도리였다. 나중에는 뜨개 투피스 옷을 만들기도 하셨다. 백화점에 가면 100만 원에 파는 옷이라고 말씀하셨다. 10살짜리 어린 아이에게 100만 원은 엄청난 금액이었다. 엄마가 뜨개질로 옷을 만들어서 우리 집도 부자가 되는구나 싶었다. 그럴 일은 없었지만. 어머니의 뜨개질은 밤늦도록 이어졌다. 오늘도 술을 드시고 오시는 아버지를 기다릴 때도, 내 시험 기간에도 마찬가지였다. 그것이 어머니의 유일한 취미였는지 아니면 내가 불안감에 몸서리를 칠 때 유일한 해방구로 찾았던 책과 수영처럼 어머니에게는 뜨개질이 잡념을 떨칠 수 있는 도구였는지 모르겠다.

학교 시험 기간이 되면 어머니는 거실에 작은 반상을 하나 펴놓고 아들의 시험공부를 옆에서 지켜보셨다. 아들은 과목에 따라서 교과서를 달달 외우기도 하고 학원에서 풀어 온 문제집을 살펴보기도 했다. 시간이 지나면 지날수록 하기 싫어 몸이 배배 꼬이고 이젠 모두 아는 것만 같은 착각이 든다. 그때 아들은 옆에 앉은 엄마를 흘깃 쳐다본다. 엄마는 한 치의 흐트러짐 없이 뜨개질을 하고 있다.

더딘 시간이 지나고 다음 날 시험 성적을 받아 올 때면 항상 조심스러웠다. 1개를 틀려도, 2개를 틀려도 혼나는 것은 매한가지였다. 오직 100점이라는 성적을 받아 와야 잘했다는 덤덤한 칭찬을 들을 수 있었다. 그날 밤에는 다음 날의 시험 준비로 거실에서 몸을 꽈배기처럼 꼬았다. 내가 보기에 별거 없는 집안인데도 어머니는 어른들에게 '대단한 집안의 대단한 장손'이라고 하시며 나를 추켜세워 주셨다.

기대를 건다는 말도 지금 생각해보면 참 고개를 젓게 한다. 도박 같은 경기에 돈을 베팅하는 것과 마찬가지 아닌가? 아마도 도박의 가능성보다는 아주 조금 더 높았기에 부모님은 나에게 비용과 에너지를 베팅하시지 않았을까. 그때는 그것이 옳은 길이라고 믿으셨을 것이다. 그 덕분에 나는 턱없이 완벽하지 않지만 완벽해지려는 쓸데없는 버릇이 생겼다. 틀려서 혼날 것 같으면 차라리 도전조차 하지 않는 식이다.

그 틀을 깨는 데 아주 오랜 시간이 걸렸다. 아니, 어떻게 보면 영원히 이기지 못할 버릇일지도. 직장 생활을 할 때도 스트레스 받던 이유가 그것이었다. 변수가 0에 수렴해야 했다. 모든 변수를 생각하다 보면 결국 시작이 더딘 경우가 많았다. 첫걸음부터 움찔거리니 과정과 결과도 그저 그럴 수밖에. 때문에 일의 규모나 중요성과 상관없이 상대적으로 많은 스트레스를 받았다. 그나마 아내의 서포트가 없었다면 아직 이 악물고 직장 생활을 하고 있을지도 모른다. 귀에는 이명이 들리고 수시로 줄다리기하는 뒷목을 잡으면서 말이다.

　미리 실패했다는 생각을 하지 않기로 했다. 당연히 결과가 좋을 것이라고 생각하기로 했다. 실제로 그것이 이루어지면 당연한 듯 기쁘고 실패해도 타격이 깊지 않다. 실패한다는 것이 내가 실패자임을 의미하지 않는다는 것을 경험의 축적으로 깨달았으니까. 실패하면서 또 하나의 방법을 깨닫는다. 중요한 것은 내가 다시 일어날 수 있을 정도의 기대만 베팅한다는 거다. 절대로 올인하지 않는다. 그러면 실패하거나 져도 된다. 또 적은 판돈으로 다시 시작하면 되니까.

　솟아날 구멍은 나에게 있으니 언젠가 반드시 하늘로 올라갈 것이라고 생각하기로 했다.

모퉁이 인간

　카페를 차리고 2년이 채 안 되어 맥주 펍을 오픈했다. 운 좋게 기회가 닿았을 뿐인데 주변에서는 사업 수완이 좋다고 치켜세워 주었다. 비행기에 태워지고 나니 자연스럽게 어깨의 높이가 조금 올라갔다. 하지만 딱 거기까지였다.

　좋은 기회가 닿은 것도 있겠지만 사실 얼른 시장을 벗어나고 싶었다. 청년상인회장을 맡자마자 동료 상인들은 득달같이 나에게 쌓여 있는 문제들을 해결하라고 독촉했다. 시장의 콘셉트에 어울리는, 하지만 인건비조차 나오지 않는 필름 카메라 자판기를 복도에 설치했다가 공용구역에서 사익을 추구한다며 비난을 받았다. 청년 상인들이 예술을 꿈꾸는 시장이라는 콘셉트와는 다르게, 입주 상인들은 자기 이익만을 위한 말과 행동을 서슴지 않았고, 기존 상인들은 청년 상인들을 보조금 낳는 거위 정도로만 생각하고 있었다. 게다가 건물주들은 밖에서 언급되는 화제성만 주워듣고는 임대료를 올리기 바빴다.

그때가 되어 문득 뒤를 돌아보니 내가 도망치듯 살아왔다는 것을 깨달았다. 재수를 권하는 부모님께 역정을 냈다. 재수를 한다고 성적이 더 좋아지리라는 보장이 없다면서. 전역을 앞두고서 동기들이 대기업 면접을 다닐 때 나 혼자 군대 벙커를 지키고 있었다. 그것이 옳은 일이라고 믿으면서. 사실은 더 이상 수능 공부를 하기 싫었고, 대기업 서류를 넣는 족족 탈락의 고배를 마셨었다. 그러고서 선택한 것이 하고 싶은 공부와 일이라는 핑계였다. 이후로도 나는 줄곧 당장의 고통을 줄이기 위해 약삭빠르게 움직이고 그럴듯하게 둘러대었다. 그렇게 세상의 중심에서 몇 발짝 떨어진 삶을 살다 보니 내 인생의 여권에는 누구도 가지지 못한 독특한 도장들이 찍혀있었다.

아내와 마주 앉은 자리에서 문득 스치는 단어를 말해줬다 '회피형 인간'이었다. 어찌저찌해서 생각하다 보니 나는 참 요리조리 잘만 피해 다니며 살아왔다고. 아내는 잠시 생각하더니 말했다.

"아닌데? 내가 본 당신은 정면돌파형 인간인데?"

회피가 습관이 되면 막다른 길에 다다를 때가 있다. 궁지에 몰리면 쥐도 고양이를 문다는 속담도 있지 않은가. 아내는 나에게서 고양이를 물기 위해 바락바락 달려드는 쥐의 모습을 봤을지도 모른다. 그 이전에 막다른 길까지 도망쳐온 과정은 나만 아는 것일지도 모른다는 생각을 했다.

어느 콘텐츠에서 '모퉁이 인간'이라는 말을 들었다. 콘텐츠의 문맥상 모퉁이 인간이 어떤 의미였는지는 정확히 모르겠지만 단어가 주는 이질적이고 신선한 충격이 좋았다. 왠지 그 단어에 묘한 동질감을 느꼈다. 모퉁이는 그만의 기둥을 하나씩 가지고 있다. 모퉁이들은 건물의 하중을 떠받치고 있기 때문에 쉽게 허물거나 없애지 못한다. 모퉁이가 그렇다. 자기 역할 때문에 공간의 중심이 아닌 변두리에 자리할 수밖에 없다. 기꺼이 기둥을 몸 안에 품고 말이다.

그렇다고 해서 내가 기둥을 품고 있다느니, 다른 벽들보다 더 두껍고 튼튼하다느니 하는 이야기를 떠벌릴 필요는 없다. 다만 조용히 누군가가 알아주기를 바라며 눈치만 볼 뿐. 왼쪽으로 또는 오른쪽으로 모퉁이를 지나가는 사람들에게 큼지막하게 안녕을 건네고 손을 흔들어보지만 그들의 시선은 이내 중심부의 공간을 향하기 마련이다.

어찌 되었건 상관없다. 모퉁이에 서 있다는 것은 항상 또 하나의 챕터를 마주하고 있다는 것이니까. 끝없는 벽 타기를 하는 안전빵 인생과는 달리 모퉁이에 다다른 인간은 항상 불안하고 두렵다. 저 모퉁이를 돌았을 때 어떤 그림이 펼쳐질지 모르기 때문이다. 그렇기에 벽 타기가 지루하고 화딱지가 나도 계속하는 것이다. 두려우니까. 어떤 현실이 닥칠지 무서우니까. 많은 사람들이 어떻게 하면 벽을 잘 탈 수 있는지에 대해서 이야기한다. 어떻게 빠르고 높이 탈 수 있는지를 비법처럼 이야기해준다. 하지만 다음 모퉁이를 돌면 어떠한 일이 벌어질 것이라고 말하는 사람은 인기가 없다. 사람들이 궁금해 하지 않으니까. 사람들은 자신이 두려워하는 사실을 마주하기 싫으니까.

한번 모퉁이를 돌아본 사람은 다음 모퉁이를 돌 수 있는 자신감이 생긴다. 오히려 벽을 타는 것이 더 지루하고 비효율적이라고 생각한다. 딱 한 번 용기를 내면 그 사람은 벽 타기 인간이 아닌 모퉁이 인간이 될 수 있다. 나는 모퉁이 인간으로 살아남기로 생각했다.

도망치다 보니 나만의 기둥이 생겼고, 그 기둥에 가까이 갈수록 내가 모퉁이 인간이 되었다.

마지막 직장은 직원이 300여 명이 되는 기업이었다. 처음 입사했을 때 150여 명이었는데 3년 만에 두 배 가까이 규모가 커진 셈이다. 사세가 커지면서 기획팀이었던 나에게 주식 시장 상장 관련 프로젝트가 맡겨졌다. 그래서 여의도 증권거래소에서 진행되는 기업 상장 교육에 참여했다. 세미나실을 가득 채운 담당자들 사이에서 교육을 듣고 있던 중에 하나의 문장이 달팽이관에 박혔다.

"우리 모두 자본주의라는 시스템 안에서 살고 있죠? 하지만 돈을 터부시하는 문화는 아직 사라지지 않고 있어요."

뒤통수를 한 대 맞은 기분이었다. 그렇다. 어린 시절의 나에게 돈은 내 할 일을 잘하면 자연스럽게 따라오는 것이었다. 돈을 밝히지 말라는 이야기를 들은 것은 아니지만 용돈을 받고도 무관심한 척하면 어른들이 돈 욕심이 없다고 칭찬처럼 말씀하셨다. 세

뱃돈 달라는 아이는 약삭빠르다며 돈을 밝혀서는 안 된다고 하시는 어른들의 말씀을 듣고 배웠다. 철저히 사농공상 논리에 지배된 구시대적 유물이었다. 할아버지는 지게를 지고 농사를 열심히 지으셨다. 그러면서도 어린 나에게 서울대 법대 가서 판사 되라시며 덕담과 압박의 경계를 자유로이 거니셨다. 신문사에 다니시던 아버지는 가장 끗발이 좋은 신문기자가 최고라며 신문방송학과로 진학하라고 조언 아닌 조언을 하셨다.

나와 아내의 가족 중에는 장사나 창업을 한 사람이 없다. 어찌 되었건 안정된 직장(막상 보면 모든 기업은 불안정하다.)에서 열심히 일하면 윗사람의 눈에 들어 진급하고, 그렇게 진급하면 쥐꼬리만 한 연봉 인상이 자연스럽게 따라왔다. 가족과의 시간을 갈아 넣은 결과가 동기들보다 빠른 진급과 얄팍한 호봉 체계에 따른 조금 더 많은 월급이었다. 자기 노력과 운에 따라 더 높은 연봉을 받을 수 있는 곳으로 이직하는 방법도 있겠지만 그런 친척은 내가 알기에는 없다. 모두 적당히 보통으로 살기 위해 피땀 흘리는 착한 사람들이었다.

퇴사하고 자영업을 하면서 내가 일하지 않으면 수입 없는 가계 구조가 완성되었다. 퇴사했지만 직장인처럼 돈을 벌기 위해 15평 남짓한 가게로 출근해야만 했다. 나의 하루라는 시간 코인을 넣고 하루 매출이라는 상품을 뽑아야 했다. 다만 월급이라는 결과물이 예측 가능한 직장과는 달리 자영업은 오늘 하루 내다보기도 힘들었다. 말 그대로 뽑기였다. 슬픈 사실은 매출이 바짝 마른 가뭄철은 많았어도 흘러넘치는 장마철은 드물었다는 것이다.

결국 건강을 해치고 막상 일을 못 하게 되자 생각이 바뀌었다. 나는 일을 놓고 싶지 않았다. 무조건 열심히 일하자는 주의는 아니지만 일하고 싶어도 못 할 지경에 다다르니 그것 또한 고역이었다. 일복이 많아 그렇다고 주변 친구들이 농담을 건넸지만 아니었다. 나는 일을 하고 싶었다. 단지 돈을 벌기 위해 억지로 일하고 싶지 않았던 것이다.

돈 공부가 필요하다고 생각했다. 예전 증권거래소에서 들었던 이야기가 떠올랐다. 그래, 나는 자본주의라는 시스템 속에서 살고 있었지. 지금까지 돈은 노력의 부산물 정도로만 생각했었다. 겸손해야 돈도 따라온다고 믿었다.

아니다. 돈은 겸손만 해서는 따라오지 않는다. 겸손은 성공한 자들과 부자들이나 가질 수 있는 특권이다. 적어도 나같이 하루하루 아등바등 사는 사람들에게는 어울리지 않는 사치품이다.

나를 똑 닮은 딸아이가 어른이 되었을 때에도 자본주의라는 시스템은 변치 않을 것 같다. 나중에 사회로 나간 딸아이가 지금 내가 겪은 고통과 좌절을 엇비슷하게라도 느끼게 하고 싶지 않았다. 아이를 봐서라도 내가 한 발짝 더 떼어야 했다. 밤잠 못 자면서 일해봤으니 이제 게으르게 똑똑하게 일해보자고 다짐했다.

이제 내가 이 세상의 룰을 직시해보는 것이다.

3장

결과를 알았다면
시작도 안 했지

네? 청소라고요?

　마음으로 가깝게 지내는 김 사장님이 있다. 세상을 바라보는 관점과 비즈니스를 조립해가는 프로세스를 본받고 싶었다. 배울 것이 많은 분이어서 함께 일하면 좋겠다고 생각했다. 나에게 없던 감각과 마인드를 지닌 분이셨고 시장을 바라보는 눈도 남달랐으니까. 처음 시작한 작은 카페도 그분이 운영하고 있던 맥주 가게를 양도받은 것이었다. 항상 나보다 반걸음 앞서가고 있다고 생각했기에 모범생의 답안지 베끼듯 이기적으로 연락을 이어갔다.

　그분은 운영하던 카페와 소품점을 그만두고 산골로 들어가 강원도 태백의 목장지기로 취직하셨다. 목장지기로서도 언론의 관심을 받았던 것으로 기억한다. 그러고는 강릉에 터전을 잡고 지역 콘텐츠 기획을 하신다는 소식이 들렸다. 역시 김 사장님답다는 생각을 했다. 시간이 꽤 흘렀다. 맥주 펍에서 정리를 하던 중 문득 김 사장님은 뭐 하시나 궁금했다. 이래저래 근황 토크를 하다 보면 지금 이 불안함을 떨쳐낼 아이디어 하나를 얻을지도 모르니까.

"사장님 잘 지내시죠? 요즘 뭐 하고 지내세요?"
"저요? 지금 청소 해요."
"아, 사무실 청소 중이시구나."
"하하, 아니요. 저 청소업체 창업했어요."

뜬금없었다. 청소라니. 로컬 콘텐츠 혹은 기획을 위한 영감을 얻으려 했는데 보기 좋게 카운터를 맞았다.

'가만있어 보자. 청소? 오히려 괜찮을지 모르겠는데?'

그냥 느낌이었다. 40년 가까이 살아오면서 청소일을 해볼까 하는 생각을 단 한 번도 해본 적이 없었다. 실업난이 고조되면서 환경미화 공무직에 대졸 청년들이 지원한다는 다소 충격적인(지금 생각해도 충격적이다. 그게 왜 충격적이었을까.) 뉴스가 흘러나올 때조차 내가 만든 내 세상 밖 이야기였다. 흘려도 되는 이야기였는데 이상하게 김 사장님의 이야기가 머릿속을 자꾸 맴돌았다. 느낌 말고는 설명할 방법이 없었다. 그날 밤 아내에게 그 이야기를 했다. 아내는 말했다.

"와 대단하다. 어떻게 그런 생각을 하셨지? 청소 창업이라⋯.

와, 너무 좋은 아이디어인데?"

　머리 위에 커다란 물음표가 떠 있는 표정을 할 줄 알았건만 아내 생각도 나와 마찬가지였다. 너무 매력적인 비즈니스 모델이었다. 그런데 거기까지였다. 나는 내 할 일이 있었고, 우선 내 몸을 추스르기 바빴다.

　청소를 한다고 내 불안과 답답함이 줄어들지는 않을 테니까.

시작은 항상 어렵다

    강릉의 김 사장님께 '청소동우회'라는 온라인 카페가 있다는 이야기를 들었다. 구인구직과 더불어 업체 간에 청소 현장을 거래하는 글이 올라오는 곳이라고 했다. 카페에 가입하고 내가 있는 지역을 포함하여 주변 지역의 키워드를 검색해봤다. 모두 마감되었거나 초보인 내가 덤빌 수 없는 현장들이었다. 며칠을 살펴보다 내가 먼저 글을 써봐야겠다는 생각이 들었다.

    안녕하세요.

    원주에 거주하고 있는 37세 남자입니다. 2달 전 자영업 그만두고 청소일을 본격적으로 시작해보려고 합니다. 알바 플랫폼과 당근마켓, 교차로 등등으로 알아봐도 찾기가 쉽지 않네요. 세상에 쉬운 일은 없다는 것을 다시 한 번 배우게 됩니다. 다양한 분야의 청소일을 경험해보고 배워보고 싶습니다. 가는 직장마다 일머리가 있다는 소리를 들었습니다. 성실하고 센스 있게 밥값 이상 할 수 있습니다. 댓글 부탁드리겠습니다.

감사합니다.

    게시판에 글을 올리고 한 시간이 채 되지 않아 낯선 번호로 전화가 왔다. 아무런 생각 없이 받은 전화 너머로 작은아버지뻘 되는 남성분의 목소리가 들렸다. 도 사장님이었다.

    "안녕하세요. 카페 글 보고 전화드렸어요."

    울컥 목이 메었다. 왜인지는 모르겠다. 그저 몇 글자 적은 게시물을 보고 생전 모르는 사람에게 전화를 해준 얼굴 모르는 이분이 너무 감사했다. 아마도 막상 청소일을 시작했지만 막막한 시간의 연속이어서 마음이 힘들었던 게 아닐까. 처음 통화하는 사이였지만 도 사장님은 이런저런 이야기를 해주셨다. 청소일은 배운 적이 있는지, 어떻게 해서 청소일을 하게 되었는지부터 물으시고 자신은 이천, 여주 쪽 현장에서 주로 일하는데 괜찮으면 일하는 곳에 와서 봐도 된다고도 하셨다. 컥컥 막히는 목소리를 삼켜가며 연신 전화해 주셔서 감사하다고 말씀드렸다. 손길을 내밀면 그 손을 잡아주는 고마운 분들이 있다는 것에 무한한 감동을 느꼈다.

    일주일 정도 지났을까. 이번에는 큰 사촌 누나뻘 되는 여성분이 전화해 주셨다. 박 사장님이었다. 마찬가지로 인터넷에 내가 올린 게시물을 보고 연락했다고 하셨다. 용건은 도급, 즉 청소 현장 하청을 주고 싶은데 혹시 관심 있냐는 것이었다. 이제 막 청소 일을 시작한 것 같은데 조금이라도 수입을 가져가야 덜 힘들지 않겠냐고 나를 설득하셨다. 어느 정도 일리는 있었다. 수익이 없으면 조급해지니까. 조급해지면 나쁜 선택을 하기 쉬워지니까. 자칫 내 길이 아니라고 포기해버리고 자책하는 악수를 둘지도 모르니까. 말씀은 정말 감사한데 너무나 급작스러워서 바로 결정하기 어려우니 조금만 시간을 달라고 했다. 박 사장님은 그러라며 천천히 생각해보고 연락을 달라 하셨다.

사실 그사이 며칠간 이천, 여주 청소 현장으로 도 사장님을 따라다니며 쉬는 시간에 이런저런 이야기를 나누었다. 그때 들은 이야기 중 하나가 도급 시스템과 관련된 것이었다. 지방으로 갈수록 소수의 청소업체들이 많은 현장을 가지고 있단다. 그래서 그 업체들이 작은 업체들 혹은 신규 업체들에게 도급을 맡기고 과한 수수료를 떼어간다는 것이다. 도급 수수료는 내 생각보다 굉장히 컸다. 레버리지를 당하기 싫어 직장을 나왔는데 청소 시장에서도 레버리지 당해야 하나 하는 생각이 들었다. 그때의 기억이 떠올라 박 사장님께 즉답을 하지 못했던 것이다. 첫 통화에 수수료에 대한 말씀도 해주셨는데 도 사장님께 들었던 것보다는 적었지만 그래도 꽤 높게만 느껴졌다.

답답한 마음에 김 사장님을 만나러 강릉으로 달려갔다. 자정을 넘긴 시간이었지만 매일 호텔 사우나 청소를 하시는 사장님과 편하게 이야기할 수 있는 시간은 바로 그 시간대였다. 김 사장님은 그리 오래 생각하지 않고 바로 조언을 해주셨다. 그냥 해보라고. 수수료율이 아까워서 경험을 마다할 필요는 없지 않냐고. 그렇다. 나는 청소일을 하겠다고 했지만 고작 몇십만 원이라는 돈, 마음의 허들을 넘지 못하고 있었다. 초보인 나에게 청소일을 맡길 고객을 하염없이 기다릴 수는 없었다. 오히려 돈을 조금이라도 벌면서 다양한 현장을 경험해보면 초보 티를 벗을 수 있지 않을까. 그리고 청소 방법이나 결과 등을 블로그에 기록하면 일종의 포트폴리오 소재가 될 수도 있겠다 싶었다. 그래서 나는 청소 도급을 받아 첫 청소일을 시작했다.

청소는 왜 시작하게 되셨어요?

소설가 무라카미 하루키는 『직업으로서의 소설가』에서 그가 소설가가 되기로 마음먹게 된 사건을 말해준다. 한 지하 재즈바를 운영하고 있던 그는 평소 팬이었던 야구팀의 낮 경기를 관람한다. 한적한 외야석에서 맥주를 마시며 경기를 보던 중 1번 타자였던 외국인 용병이 2루타를 치는 모습을 보고 갑자기 생각한다.

'나도 소설을 쓸 수 있겠다.'

소설에 대해서, 그리고 소설가에 대해서 깊게 생각하지 않았던 그는 왜 그런 생각이 났는지 모른다고 한다. 그리 궁금해하지도 않는다. 골몰히 생각해봐야 머리만 아플 뿐이라는 것이 그의 말이다. 단지 때마침 자신에게 그런 기회가 떨어졌다고 생각하고 그저 할 뿐이라는 것. 그것이 전부다.

그에 비한다면 비교적 나는 발화점이 분명하다. 평소 동경하던 캐릭터의 지인이 청소 창업을 했다는 이야기를 직접 들었기 때문이다. 지금에야 '청소 시장에서 경쟁력을 봤기 때문입니다'라든가 '나 자신을 수련할 수 있겠다 판단했습니다'라는 투의 그럴듯한 이야기를 하고 있지만 사실 청소일을 한다는 지인의 이야기를 듣자마자 '아, 이거다' 하는 생각이 머릿속을 스쳤기 때문이었다. 마치 하루키가 용병 타자의 타격음을 들었을 때처럼.

인간은 스스로를 이성적이라고 생각하지만 감성적인 동물이다. 어떠한 이슈에 대한 판단과 선택에 있어 논리가 작용한다고 믿지만 사실은 직관과 감정에 지배를 받고 있다. 논리는 그것을 뒷받침하는 도구일 뿐이라는 것이 현대 뇌과학자들의 주장이다. 그렇다면 직관과 감정이라는 것은 어디서 비롯된 것일까? 나는 그것을 나라는 사람이 지나온 시간이 응집된 결과물이라고 결론 지었다. 하루키도 자신이 소설가가 되기로 한 것이 과거에 책을 많이 읽으면서 소설에 대한 진입 장벽을 낮추었던 개인적인 '경향'과 어떤 종류의 '자질' 탓이라 말한다. 결국 그것이 하루키가 소설가로서의 성공 이전에 소설가가 '될 수 있었던 이유'라고 결론 짓는다.

나에게 그러한 '자질'이 있었는지는 모르겠다. 하지만 내가 청소일을 하게 만든 '경향'은 분명히 있었을 것이라고 생각했다. 그런데 그 경향은 내가 눈을 씻고 찾아봐도 보이지 않았다. 답답했다. 당연했다. 직관과 감정은 내가 볼 수 없는 무의식에 자리 잡고 있었으니까. 영화 <인사이드 아웃>에서 표현하는 바닥이 어디인지 알 수 없는 어두운 지하세계처럼. 그래도 청소일을 왜 시작하셨냐는 질문에 '그냥요'라고 하는 건 뭔가 품위가 떨어지지 않을까. 그래서 정제하고 정제하는 과정을 거쳤을 테고.

하지만 언젠가 나를 알아보는 사람이 하나둘 생기게 된다면, 나라는 사람의 오리지널리티를 세상이 알게 된다면 그제야 이런 대답을 할 수 있을 것 같다.

"그냥 그게 좋을 것 같았어요."

3개월이라는 변수

"3개월만 버텨보세요. 많이 달라져 있을 거예요."

청소일을 해보겠다 다짐하고 몇 분의 청소 사장님들께 나름대로 연수를 받았다. 같은 지역에서 활동하시는 사장님을 따라다니기도 하고 강릉에 계신 김 사장님에게 배움을 얻기 위해 숙소를 잡고 일주일 동안 따라다니기도 했다. 그 뒤 다시 집으로 돌아와 사업자 등록을 하고 시작했다. 하지만 처음부터 거래처가 죽순처럼 돋아날 리가 만무했다. 사실 그럴 수도 없었다. 이렇게 진입 장벽이 낮고 경쟁이 치열한 시장에서 나 같은 초짜가 참전한다고 어떤 고객이 두 팔 벌려 환영하겠는가. 그럴 일은 애초에 없었다.

불안할 것이라는 각오는 했지만 막상 마주하고 나니 두려움에 몸이 굳어버렸다. 마치 길을 건너다 가까이 다가오는 불빛을 보고 멈춰버린 고라니처럼. 그대로 불안에 치여 나자빠지기 싫어 다시 새벽 공기를 뚫고 강릉으로 달렸다. 새벽까지 청소하시는 김 사장님을 뵙기 위해서였다. 현장 앞에서 만나서 포카리스웨트 캔을 마시며 이런저런 이야기를 했다. 아직 시작한 지 한 달도 채 되지 않았는데 벌써부터 징징거리는 것 같아 같은 자리에 있는 것이 부끄럽기도 했다. 담배 한 모금을 피우면서 파도 소리만 들리는 바닷가를 지켜보던 사장님이 말씀하셨다.

"딱 3개월이에요. 그걸 못 참는 분들이 많더라고요."

사람들은 상수를 좋는다. 변수는 불안정하고 예측 불가하기에 위험하다. 그래서 상수는 옳은 것이고 변수는 나쁜 것이라고 생각한다. 이런 사실은 마치 우리에게 프로그래밍 된 것처럼, 고정관념이라고 느끼지도 못할 만큼 깊게 스며들어 있다. 변수에서 우러나온 불안이라는 감칠맛은 우리의 고개를 계속 갸우뚱하게 만든다. 하지만 세상에서 유일한 상수는 '모든 것은 변화한다'는 것이다. 상수는 없다. 모든 것이 변수이다. 지금 이 순간에도 모든 것은 변화하고 있다. 그 믿음이 시작이라고 믿어야 한다. 아니, 그것이 이 세상의 진리이지 않을까.

새벽에 집으로 돌아오는 고속도로 위에서 또 숨이 턱까지 차오르고 심장 소리가 귀에 들리는 듯했다. 창문을 모두 열고 달려도 곧 익사할 듯한 느낌이 드는 증상이 돌아왔다. 급하게 집에서 나오느라 진정제를 가져오지 않아 집에 도착할 때까지 버티는 수밖에 없었다. 문득 이런 생각이 들었다.

'나는 왜 이렇게 불안해할까?'

'큰 변화를 앞두고 있으니 그 두려움을 본능이 거부하는 걸까?'

그래, 그렇게 생각한다면 나는 적어도 잘못된 길을 걸어가는 것은 아니다. 내 인생에도 상수는 없다. 인생에 상수가 있다면 내가 변화해야 한다는 것이다. 그러기에 밤길을 달리는 내내 이 말을 중얼거렸다.

나는 괜찮다.

나는 변화하고 있어서 그렇다.

기회비용

청소일을 하기로 결정하는 것이 사실 크게 고민되지는 않았다. 솔직히 말하자면 부모님이 내가 청소일을 한다는 사실을 알게 되셨을 때 얼마나 큰 충격에 빠지실지가 더 걱정되었다. 아들이 퇴사했다고 울면서 전화하셨던 분들이니까. 그다음이 이번 일도 실패해서 생활비도 벌지 못하면 어떡하지 하는 불안함이었다. 망한다고 해서 크게 손해 볼 것 같지는 않았지만 이제야 막 감정의 구렁텅이에서 빠져나왔는데 또 실패라는 성적표를 받아들고 다시 골짜기 아래로 미끄러져 내려갈까 걱정되었다.

예상대로 부모님은 내가 청소일을 한다는 이야기를 들으시고 적지 않은 충격을 받으셨다. 자신들이 더 보태주지 못해서 하나뿐인 아들이 청소일까지 한다고 생각하셨을 것이다. 기회비용으로 치부하기에는 누구보다 반듯하고 생각이 깊은 아들이었으니까. 그러니 아들의 선택에 눈물이 나고 후회스러울 수밖에.

사실 의연해 했지만 아내도 내가 청소일을 해보겠다고 결정했을 때 적잖이 아쉬워하는 눈치였다. 아내 역시 청소 시장에서 틈새를 보았고 비즈니스로서 가능성이 있다고 생각했지만 그동안 잘 가꾸어온 남편의 서사를 아까워했다. 하지만 정작 나는 청소일을 시작한다는 것이 아쉬울지라도 내 인생에 있어 치명적인 결정이라고는 생각하지 않았다. 쓸데없는 반항심일지도 모르겠지만 과거라는 기회비용에 매몰되기는 싫었다. 잘만 다니던 회사를 때려치우고 작은 카페를 시작할 때도 마찬가지였고 요식업 매장과 협동조합을 모두 정리할 때도 마찬가지였다. 과거라는 시간이 도마뱀 꼬리처럼 댕강 잘려 괴사하는 것이 아니라 미래의 성공으로 이어지게 하는 자양분이라고 여기기로 했다. 내가 태평스러운 긍정적인 사람이어서가 아니라 굳이 부정적으로 생각할 필요가 없었고, 나를 갉아먹는다고 해서 내 자신이 강해지는 것도 아니었기 때문이다.

　송길영 작가는 『시대예보』에서 고유성은 주장의 영역이고 진정성은 서사의 영역이라고 말했다. 청소일을 하기 전의 짧은 기간 동안 다양한 사람들과 만나 멘토링을 해주었다. 그때의 주제는 대부분 개개인의 고유성에 관한 것이었다. 나는 다양한 질문을 던지고 그들이 스스로 자신만의 스토리를 찾을 수 있도록 도와주었다. 멘토링을 하면서 깨달은 점은 생각보다 자신이 소중한 존재임을 간과하는 사람이 많다는 것이었다. 그들은 자신만의 서사가 없다고 생각했다. 뛰어난 서사는 유명하거나 부자인 사람만이 가지고 있다고 생각했다. 스스로를 평범이란 범주에 넣고 싶어 했다. 마치 타인의 눈치를 보는 것처럼.

　모순적이지만 그것이 내가 청소일을 하겠다고 결정하는 과정을 수월하게 해줬다. 청소일을 하거나 하지 않고의 문제를 내가 살아가고픈 인생의 일관성을 지켜줄 수 있는가의 문제로 바라보지 않았다. 오직 미래의 내가 지금의 나라는 사람을 지켜봤을 때 이 결정이 내 정체성을 훼손할 수 있는가 하는 문제로 바라보았다. 결론은 당연히 전혀 손실이 없다는 것이었다. 오히려 청소일을 하면서 감정의 골짜기를 극복한 서사라면 사람들에게 의미 있는 메시지를 전달해줄 수 있지 않을까 싶었다. 고로 처음 생각의 장애물이었던 부모님의 걱정과 지난 시간의 기회비용은 더 이상 고민거리가 되지 않았다.

청소일이 좋아요

"청소하러 오셨어요? 굉장히 젊으시네요?"

마흔의 나이임에도 불구하고 거의 매번 듣는 이야기다. 일용직 청소 노동자들을 파견하는 인력사무소 형태의 사업주라면 이해 되겠지만 직접 고무장갑을 끼고 대걸레질하는 젊은 청소 노동자 를 찾아보기는 어려운 것이 사실이다. 나 또한 그랬다. 청소일을 하기 전에는 최소 50대 이상의 여사님들 혹은 어르신들의 이미 지가 청소 노동자에 대해 내가 가진 선입견이었다. 그나마 입주 청소나 에어컨 청소, 특수 청소 같은 분야에서는 젊은 사장님들 이 많이 활동하고 있다고 들었었다. 각종 미디어와 SNS의 영향 일지도 모르겠다. 부모님도 내가 처음 청소일을 하고 있다고 말 씀드렸을 때 아파트 청소를 대행하는 업체를 운영하는 줄 알았다 고 하셨다.

김 사장님께 처음 청소일에 대한 이야기를 들었을 때 직감적으로 좋은 비즈니스라고 판단했다. 어떠한 논리적인 근거가 떠올라서 그랬던 것이 아니라 말 그대로 느낌적인 느낌이었다. 차근차근 청소 창업을 준비하고 직접 청소일을 해보면서 느낀 청소일의 장점 몇 가지를 나열해본다. 혹여나 청소 창업을 준비하시는 분에게는 시장 진입 전 이해도를 높일 수 있을 것이고, 청소일이 생소한 분들에게는 내 이야기를 더욱 이해하기 쉽게 해줄 것이다.

1) 매출이 순이익이 되는

대한민국의 월급쟁이 평균 월급이 280만 원이라고 한다. 평균이라는 단어가 늘 그렇듯 절대적으로 참고할 만한 데이터는 아니다. 대기업 혹은 전문직의 경우 훨씬 높을 테니 평균 소득에 못 미치는 가구가 훨씬 많을 것이다. 하지만 분명한 것은 수십 년을 일해도 한 달 300만 원 수익을 가져가는 것이 생각보다 힘들다는 것이다.

나 또한 과거 카페와 수제 맥주 펍을 운영해보니 월 300만 원의 순수익을 위해서는 한 달 최소 800만 원 이상의 매출이 필요했다. 그것이 최소다. 부가세, 소득세, 인건비, 원재료비, 월세 및 전기료, 기타 잡비 등은 고정비로 나간다. 순수익 300만 원을 벌기 위해서는 무엇보다 값비싼 오늘이라는 시간을 매출과 바꾸어야만 한다.

최근 저가 커피가 유행하면서 하루에 80만 원 매출을 올려도 점주가 가져가는 한 달 순이익이 300만 원대라는 콘텐츠를 봤다. 더 큰 문제는 하루 80만 원 매출의 카페 옆에는 곧 또 다른 저가 커피 프랜차이즈가 들어올 것이라는 점이다. 경쟁은 순수익을 떨어뜨리는 중요한 요인이다.

반면에 매출이 곧 수익으로 직결된다면 어떨까? 300만 원 매출이 곧 수익으로 직결되고 기껏해야 카드 수수료, 전체 매출의 5% 미만의 재료비가 투입된다면? 청소일이 바로 그렇다. 청소 업체를 창업하고 본격적으로 시작한 첫 달에 300만 원 이상의 매출을 올리면서 투입된 비용은 카드 수수료 약 4만 원, 종량제 쓰레기봉투 값 약 3천 원, 자동차 기름값 약 5만 원, 세제값 약 3만 원이었다. 다 합쳐서 15만 원도 안 되는 고정비다.

일한 만큼 가져간다. 일은 점점 늘어나고 그에 따라 수익도 많아진다. 이렇게 정직하면서 우상향하는 비즈니스 모델이 있을까.

2) 사람으로 인한 스트레스가 거의 없는

나는 6년 전 퇴사했다. 표면적으로는 내 일을 하고 싶다는 이유였지만 그 아래에는 대표이사를 포함한 동료들과의 비전 차이 등 인간관계에 대한 불만족이 가장 컸다. 직장을 그만두고 6년간 자영업을 하면서 가장 많은 에너지를 빼앗긴 요인 또한 사람이었다. 비매너 경쟁업체 혹은 흔히 말하는 진상 손님을 상대한 날이면 그 스트레스의 후유증으로 며칠을 괴로워했다.

무조건 팀을 꾸려 진행해야 하는 입주 청소, 준공 청소 등도 있다. 반면에 내가 하는 정기 청소는 혼자 작업하는 경우가 많다. 고객이 지켜보는 상황에서 청소하는 경우는 극히 드물고, 작업 완료된 현장을 두고 고객과 소통하고 피드백을 진행한다. 미흡한 부분이 있으면 다음번에 조금 더 신경 쓰면 된다.

물론 때때로 진상 고객을 만날 때가 있다. 지금까지 딱 두 명을 만났으나 거래를 거절하거나 깔끔하게 거래를 종료했다. 불특정 다수의 고객을 응대해야 하는 공간 비즈니스와 달리, 청소일은 전화 상담과 방문 견적 같은 일종의 고객 필터링을 거치면서 고객 성향을 어느 정도 파악할 수 있다는 장점이 있었다.

3) 적게 일하고 비슷하게 벌기

마지막 직장에서의 근무 시간은 아침 8시 30분부터 오후 5시 30분이었다. 하지만 출근하기 위해서 아침 7시 10분에 버스를 타야 했고, 정시 퇴근 후에 집에 도착하면 저녁 7시가 되었다. 꼬박 12시간을 직장을 위해 소비해야 했다. 나에게 맡겨진 업무를 빨리 처리한다고 퇴근 시간이 빨라지는 것도 아니다. 경험상 업무를 빠르게 잘 처리하면 업무가 늘어나는 경우가 더 많다. 어제

야근했다고 오늘 출근을 늦게 할 수도 없었다. 코로나 팬데믹을 겪으며 재택근무가 늘어났다고는 하지만 아직 한국 직장 문화에서는 근무 시간으로부터 자유로울 수 없다고 본다.

내가 하루 24시간 동안 청소일에 투자하는 시간은 출퇴근 시간 모두 합쳐 적으면 5시간, 많으면 7시간 정도다. 직장인 시절 투입해야 했던 하루 12시간에 비하면 최소 5시간 이상 절약하는 셈이다. 한 달이면 어림잡아 100시간을 아낄 수 있다. 내가 여가 시간을 어떻게 보내냐에 따라 직장인 시절보다 한 달에 4일을 더 쓸 수 있는 셈이다.

게다가 일이 일찍 끝나면 눈치 보지 않고 퇴근할 수 있고, 추가 작업 의뢰 건을 수락하면 추가 수익이 바로 통장에 입금된다. 무엇보다 작업의 방향과 속도 등을 정하는 업무 주체가 나 자신이다. 그날 그날 컨디션에 따라 오늘의 할 일만 해놓으면 끝이다. 사실 창업 첫 달에 목표했던 금액보다 더 많은 매출을 달성할 수 있었다. 하지만 무조건 내 시간을 수익과 등가교환하기는 싫었다. 빚을 쳐다보면 달려드는 불나방처럼 또 무언가를 맹목적으로 좇다가 타버리기는 싫었다. 멀리 보고 하는 청소일이라면 어느 정도 내가 환기할 수 있는 시간을 가져야 한다고 생각했다. 그래서 지금은 하루 5시간 이상의 스케줄은 잡지 않고 있다.

더하여 일하는 시간에도 누군가로부터 방해받지 않기 때문에 오디오북과 자기 계발, 경제 유튜브를 들으면서 공부를 계속할 수 있다. 또 일을 마치고 남는 시간에는 운동을 하거나 커피를 마시며 글을 쓰거나, 컨디션이 좋지 않으면 낮잠으로 체력을 보충하기도 한다.

4) 변수가 적은

정기 청소는 '신뢰'를 기반으로 한다. 고객과의 믿음이 없다면 이 비즈니스 모델은 성립되지 않는다. 반대로 말하면 고객과의 믿음을 깨뜨리는 이슈가 없다면 비즈니스 관계가 쉽게 깨지지 않는다. 경험상 고객과의 신뢰 관계가 무너진다는 것은 치명적인 실수 혹은 의도된 나태함을 뜻한다. 고객이 요청한 피드백을 고의적으로 무시하거나, 청소를 하지 않고도 했다고 거짓말을 하거나, 고객에게 제공하기로 한 서비스, 청소 범위 및 청소의 퀄리티 등이 미흡한 것이 대표적이다.

이러한 치명적인 결함이 없다면 거래처는 쉽게 바뀌지 않는다. 사실 업체별 단가 차이는 크지 않다. 시장경제에서 가격 경쟁은 어쩔 수 없지만 원룸 건물 계단 청소의 경우 업체별로 한 달 1~2만 원 차이일 뿐이다. 내 고객이 한 달 1~2만 원의 금액 차이를 핑계로 거래처를 바꾸겠다고 한다면 오히려 나는 두 팔 벌려 환영이다. 설령 붙잡고 있는다 해도 어차피 1~2만 원을 핑계로 쉽게 끊어질 거래처이기 때문이다. 불필요한 마음고생 하기 전에 고객이 알아서 필터링 해준다고 생각하면 오히려 고맙다.

5) 마음이 편안해지는

4번의 연장선상에 있다. 쉽게 거래처가 변경되지 않는다는 말은 수익이 반고정으로 확보된다는 것을 말한다. 월 고정 300만 원 수익이 발생했다면 300만 원 이하로 떨어질 일이 거의 없다는 말이다. 오히려 소문을 듣거나, 다른 채널을 통해, 혹은 기존 고객의 소개를 통해 거래처가 늘어날 가능성이 높다. 수익이 늘어나는 일만 남았다는 말이다. 하루 일정 시간을 활용하여 고정수익을 만들게 되면 그 이후로 시간은 내 편이다. 시간이 지날수록 수익은 늘어나고 시간당 단가는 점차 오르기에 말 그대로 우상향하는 비즈니스 구조를 만들 수 있다.

이 장점은 내가 가장 원했던 요건이었다. 자영업 하는 6년 동안 매일 손님이 오기를 기다렸다. 음료라는 제품 특성상 계절의 영향도 많이 받았고, 새로운 인테리어와 메뉴를 가진 경쟁자들은 속속 생겨났다. 매달 말일이 되면 다시 매출액은 리셋되었다. 계산기를 두드리며 만족하다가도 다시 불안해지기 시작했다. '다음 달도 이렇게 잘될 수 있을까?' 하는 생각에. 이렇게 고통받을 거면 차라리 직장에 들어가서 따박따박 나오는 월급을 받는 편이 낫지 않을까 하는 생각이 뇌리를 스치기도 했다.

생활비를 벌어 올 수 있을까 고민할 필요도, 다음 달은 또 어떻게 영업해야 하나 불안해할 필요도, 사람으로 인한 불필요한 에너지 소모도 줄어들었다. 여러모로 나에게는 마음이 편안해지는 최적의 비즈니스였다.

청소의 기본값

처음 며칠간 청소일을 가까이서 살펴보던 때다. 마지막 날이 되어서야 김 사장님이 식사라도 하자며 가까운 식당으로 향했다. 며칠 동안이지만 이래저래 질문을 주고받으면서 대충 어떻게 청소 시장이 돌아가는지 배웠다. 학원처럼 일정한 커리큘럼이 있는 것은 아니지만 청소하시는 모습을 옆에서 지켜보면서 그때그때 궁금한 내용들을 묻고 답을 얻었다. 그러다 보니 마지막 날 식당에서는 어색한 대화의 진공이 이어졌다. 모든 것을 다 알았다는 것이 아니라 이제 몸으로 경험하면서 알아가는 단계임을 깨달은 것이다. 문득 사장님이 말문을 열었다.

"100점짜리 청소는 없어요."

그렇다. 청소가 완벽할 수 없다. 티끌 하나 없이 완벽하게 청소를 하더라도 금세 먼지 조각 하나는 붙기 마련이니까. 청소일은 처음부터 실패를 가정하고 시작하는 일인 것이다. 실패가 기본값이라는 것은 과거의 경험으로 알고 있었다. 사람의 기본값은 죽음이고 직장인의 기본값은 퇴사다. 절대로 부정할 수 없는 기본값이다. 그럼에도 포기하지 않고 이어 나갈 수 있는 이유는 그 기본값을 어떤 관점으로 바라보냐에 있다. 죽음에 초연해 하기보다 '어떻게 죽을 것인가'를 질문하다 보면 '지금 어떻게 살아야 하는가'에 대한 답이 나오는 것처럼.

거래처인 병원의 원장님도 미팅 때 말씀하셨다. "세상에 완벽한 청소는 없잖아요"라고. 남들이 이야기하는 월 1,000만 원을 바라고 청소일을 시작하자고 마음먹은 것은 아니었다. 소박하지만 우리 세 가족이 아끼면서 적당히 먹고살 만한 수준인 월 300만 원만 벌면 그것만으로 감사하다고 생각했다. 돈을 많이 벌기보다 청소일을 오래 하고 싶었다. 금세 장작불처럼 타올랐다가 꺼지기보다 숯불처럼 은은해지고 싶었다.

오래 이 일을 하기 위해서는 무엇이 필요할까? 혼자서 생각해 봤다. 동기부여 해주는 높은 수익? 남들의 인정? 무엇보다 나만의 기준이 필요하다고 생각했다. 그동안 참 높은 기준을 많이도 세웠었다. 살아오면서 항상 손에 잡힐 듯 잡히지 않는 목표를 세웠다. 그러고는 목표가 잡힐 듯할 만큼의 노력을 했고, 뒷심이 부족해서, 또는 끈기가 부족하다는 핑계로 번번이 실패라는 성적표를 나 자신에게 던졌다.

그동안 내가 나에게 몹쓸 짓을 하고 있었던 것인지도 모른다. 성공해야지, 잘 살아야지 하는 혼잣말과 호기로운 말들은 애초에 지키고 싶지 않았던 약속이었다. 아니, 지킬 생각조차 없었으니 약속이라고 하기도 어렵다. 그냥 입에서 나온 공기였다. 다행인 점은 그 말로 누구도 상처받지 않았다는 것이고, 아쉬운 점은 그 말로 인해 가장 상처받은 사람이 결국 나였다는 것이었다.

상처는 나로부터 시작되었다. 내가 내 인생의 연출자임에도 불구하고 나를 막장 드라마의 주인공으로 만들었다. 실패가 기본값이다. 모든 것에 완벽할 수는 없다. 우주의 이치 말고 완벽한 것은 없으니까. 그것을 이해하고서는 한결 마음이 편해졌다. 마음이 편해지니 생각을 행동으로 옮기는 과정이 가벼워졌다. 행동이 가벼워지니 작은 성과들이 나오기 시작했다.

나는 그것을 좋은 습관이라고 부르기로 했다.

"엄마, 나 또 체했나 봐."

　새벽이면 어머니를 깨웠다. 급하게 먹은 것도 아니고 과하게 먹은 것도 아닌데 어린 시절의 나는 유독 자주 체했다. 어머니는 장롱에 있는 약통에서 까스활명수나 소화제를 꺼내 주셨다. 그것도 없을 때면 냄새가 고약한 정로환을 주셨다. 하지만 약을 먹고 금세 괜찮아진 적은 거의 없었다. 그도 그럴 것이 오죽했으면 8살짜리 꼬맹이가 자고 있는 엄마를 깨우겠나. 새벽에 일어나 혼자 속을 게워내고 그래도 명치가 아파 못 견디겠어서 그때 엄마를 깨운 거다.

　새벽바람을 뚫고 택시를 타고 간다. 당시에는 콜택시의 개념도 없어서 주황빛 가로등 아래로 나가서 택시가 오기를 기다려야 했다. 그렇게 택시를 타고 인근 대형병원의 응급실로 향한다. 수액을 맞을 때도 있고 집에서 먹었던 정로환까지 다 게워내고 약 처방을 받아서 집에 올 때도 있다. 벌써 아침이 밝았다. 눈은 먼지가 잔뜩 낀 듯 뻑뻑하고 온몸에 힘이 없다. 덕분에 매일 아침밥을 한 공기씩 먹어야 하는 의무에서 자유로워진다. 허옇게 끓여주신 죽에 간장을 뿌려서 몇 입 먹고는 학교로 간다. 잠깐, 새벽에 응급실까지 갔다 왔으면 그날은 쉬어야 하는 거 아닌가?

그 시절에는 유독 개근상에 집착했다. 부모님이 경제활동을 활발히 하시던 80~90년대에는 성실이라는 덕목이 참 중요했다. 특히나 학교를 졸업하면서 개근상이 없다면 근면하지 않은 사람으로 낙인 찍혀 취업하지 못하게 될까 봐 전전긍긍하셨다. 그래서 설령 조퇴를 하더라도 등교는 해야 했다. 학교에서 친구를 만나서 떠들다 보면 괜찮아지는 것 같다가도 2교시쯤 되면 또 명치가 아파 온다. 약발이 떨어졌거나 아침에 먹은 죽마저 체해버렸겠지. 수업 시간에 손을 들고 화장실로 가서 또 게워내고 온다. 쉬는 시간에 가면 친구들이 화장실에서 떠들고 있을 테니 그들을 피해 수업 시간에 손을 들고 갔다 오는 게 편하다. 그렇게 게워내고는 다음 쉬는 시간에 선생님께 조퇴를 허락 맡고 집으로 터덜터덜 돌아간다.

성질머리가 더러워서 그런지, 어릴 적 자그마한 사건들이 축적되어서인지는 몰라도 사회에서도 눈치껏 빠지는 일이 없었다. 무식했다. 군대 지하 벙커에 박혀 일할 때도, 방송국 편집실에 처박혀 일할 때에도 그랬고, 사회에서는 컴퓨터 모니터에 눈을 박고 일했다. 부족하다는 평을 들으면 속상하지만 내가 부족하겠거니 하고 넘어갈 수 있었다. 다만 내가 불성실하다는 투로 누군가 시비를 걸면 일단 들이받았다. 상대가 누구든 상관없이.

"창민 씨는 부단한 것이 재능이야."

박 사장님이 어느 날 뜬금없이 이런 이야기를 해주셨다. 박 사장님에게 받았던 도급 현장들을 반납하고 자립을 해서 동등한 경쟁 업체 혹은 동료 업체로서 이런저런 수다를 떨면서 청소일을 할 때였다. 당시 나는 매일 청소하는 현장이 2개가 있었다. 병원이어서 업종 특성상 매일 청소할 필요가 있었다. 박 사장님은 매일 청소하는 곳이 오히려 더 힘든 현장이라고 하셨다. 경력이 많은 분들도 하기 힘든 일이라고. 매일 같은 공간을 같은 상태로 유지하는 것이 생각보다 참 힘들다고. 여기서 힘듦은 지루함을 다르게 표현한 언어일 것이다. 박 사장님은 그런 면에서 내가 청소하는 사람으로서 좋은 재능을 가졌다며 칭찬과 응원을 얹어주신 것이다.

하긴 생각해보면 청소가 미흡한 것은 죄송하다고 고개를 숙여서 사과하면 그만이었다. 걸레로 냉큼 닦아내거나 여의치 않으면 다음 주에 더욱 신경 쓰면 되는 일이었다. 체면이나 자존심의 문제가 아니었다. 내 실력이 부족하다는 것을 인정하는 것이다. 하지만 어제 청소하고 가셨냐, 여기는 며칠 동안 안 닦으신 거 아니냐 하는 말을 들으면 발작 버튼을 눌린 듯 들이대고는 했다. 어디 가서 성질머리 좀 죽이고 와야겠다고 수만 번은 다짐했지만 근면과 성실의 영역에서는 누구의 터치도 받기 싫었던 것이다.

부단함, 끊임없이 한다는 뜻이다. 선천적으로 쫄보라서 그런 건지, 학창 시절과 사회에서 살아남으려고 애쓰다 길러진 것인지는 모르겠지만 청소일을 하면서 나도 모르고 지내던 보석 같은 재능을 알게 되었다. 부단함이야말로 청소일을 하는 데 있어서 진정으로 경쟁자들과 차별화할 수 있는 재능이라는 것을 새삼 깨닫는다. 사실 청소일뿐만 아니라 모든 일이 그렇다. 쉽게 턱턱 내뱉는 것 같아 보이는 것들도 수많은 열심이 모여서 만들어진 것일 테니.

이러니 청소일을 좋아할 수밖에.

또 문턱에 발을 찧었다

"이번엔 뭐 한다고?"

오랜만에 만난 고향 친구에게 청소일을 시작했다고 말했다. 자몽주스 같은 친구다. 달콤한 칭찬과 응원을 해주지만 쓴소리도 항상 덧붙여 정신이 번쩍 들게 만든다. 20대 때는 정신 좀 차리라는 말을 달고 살더니 이제 절반은 포기한 눈치다. '그래 네가 하고 싶으면 해라'라는 뉘앙스랄까.

나라고 평탄한 길에 어찌 미련이 없을까. 대표이사의 눈도장을 받고 무럭무럭 자라는 새싹처럼 일할 때가 있었다. 눈치가 빨랐던 나는 더 설쳐대며 성과를 냈다. 마지막 직장에서는 작은 회사의 장점(?)인 초고속 승진을 거듭했다.

그러다 돌연 직장을 그만두고 장사를 시작했다. 그것도 전통시장 2층 모퉁이의 작은 가게를 열었다. 테이블도 5개뿐인 작은 카폐였다. 지금 생각하면 무슨 용기로 그것을 시작했는지 이해가 되지 않는다. 그냥 하고 싶었다. 그 말밖에는 할 수 없다.

문지방이나 문턱을 제대로 보지 않고 다니다가 '콩' 하고 발을 찧을 때가 많다. 소리는 '콩'이지만 온몸의 신경이 발끝으로 모인 듯 말조차 나오지 않는 고통이 따른다. 한 달에 한 번씩 문지방에 발을 찧으면 그 고통에 익숙해질까? 아니다. 아주 조금은 덜하겠지만 발을 찧을 때마다 고통에 몸부림칠 것이다. 어찌 보면 내 인생에 문턱이 참 많았다. 평탄한 길이 있음에도 불구하고 굳이 여기저기 턱을 넘어보겠다고 고집부렸다.

그러다가 그 문턱을 훌쩍 넘어보기도 했고, 발을 찧으려고 노력한 적도 참 많았다. 그런데 매번 찧어도 그때의 고통에는 적응되지 않는다. 당연하다. 내가 무슨 초인도 아니고. 하지만 많이 찧어보니 이 아픔도 곧 지나간다는 것을 깨닫는다. 죽을 듯이 괴롭다가도 조금만 참으면 절뚝거리며 걸을 수는 있다. 그러고는 언제 그랬냐는 듯 다시 보통 속도대로 걸을 수 있다는 것을 깨달았다. 며칠이 지나면 까맣게 잊어버리기도 한다. 아무런 장애물이 없는 평지만 걸었다면 문턱에 찧을까, 문지방을 밟아 재수 없지 않을까 하는 생각조차 못 했을 거다.

평생 턱에 발을 찧을까 머뭇거리며 저곳은 어떨까, 그때 해볼걸, 후회하고 기웃거리지 말고 넘어가 보고 소리쳐 봐야지. 그때

저기 턱 앞에서 우물쭈물하는 친구들에게 소리쳐 봐야지.

"괜찮아, 넘어와."

이런 삶

    본격적으로 청소일을 시작했을 때는 뜨거운 여름이었다. 치열했고 찬란했던 8월이었다. 온갖 불안과 슬픔에 매몰되어 있었던 나에게 '살아있구나' 하는 것을 느끼게 해준 여름이었다. 구석에 처박혀 과거의 실수를 파먹고 살던 내가 더움을 느끼고 비지땀을 흘리는 것을 보고 나니 나도 햇볕을 느끼고 받아들일 수 있는 존재라는 것을 깨달았달까.

    첫 계절이 그렇게 지나갔다. 처음 청소일을 하기로 다짐하고 여러 선배 사장님들께 도움을 구할 땐 밥벌이는 할 수 있을지 습관처럼 의구심을 품었다. 설마설마하며 목표했던 처음의 소박했던 마일스톤은 금세 훌쩍 넘겼다. 지나고 보면 0에서 1로 걸음을 내딛는 것이 참 오래도 걸렸다. 그런데 모든 일이 그렇다. 0에서 1로 가는 시간과 에너지는 모든 자연수로의 여정에 있어서 가장 크다. 1에서 2로, 2에서 더 큰 수로 나아가는 데에는 처음보다 훨씬 적은 에너지만 있으면 된다.

생활비를 벌겠다는 작은 목표를 빠르게 달성하고는 조바심이 많이 줄어들었다. 그동안 가장이랍시고 자영업과 지역사회 활동을 하면서 몇 년간 제대로 된 월급을 가져다주지 못했었다. 진심으로 아내에게 고마운 것은 그때까지 생활비가 부족하다는 장난 섞인 투정 한마디 하지 않았다는 점이다. 아마도 내가 더 위축될 것이라 배려했을 테지만 당신의 마음도 그리 넉넉하지는 않았을 테다. 가족들에 대해 미안한 만큼 돈 욕심이 커지는 것이 당연했다.

청소일을 하면서 보통 사람들보다 아침을 조금 일찍 시작한다. 한창 뜨거운 여름날에도 새벽의 공기는 선선하다. 덕분에 대낮보다는 조금 더 여유롭게 일할 수 있다. 게다가 하루를 일찍 시작하기에 중간중간 쉬는 것에 대한 죄책감도 덜했다. 특히나 다른 무언가에 휘둘리거나 나의 에너지를 빼앗길 만한 일이 적어 중단 없이 내 속도를 유지할 수 있다는 점은 청소일의 최대 장점이었다.

청소를 시작하고 쓰지 않던 무릎을 쓰다 보니 이내 삐걱거렸다. 이것 또한 처음에 겪는 성장통이려니 생각했다. 병원에 가서 물리치료를 받고 보호대를 찼다. 계단을 닦으면서 난간도 닦는다. 뚝뚝 흐르는 땀방울을 소매로 훔치고 바닥에 떨어지면 걸레로 훔친다. 귀에 꽂은 오디오북에서는 나보다 훨씬 많은 고민을 한 작가들이 좋은 이야기들을 해준다. 감사한 마음에 고개를 끄덕이며 잠깐 걸레질을 멈추고 곰곰이 생각을 정리하기도 한다. 그러다 문득 이런 생각이 떠올랐다.

'이런 삶, 오히려 참 괜찮은 거 아닌가?'

모든 일은 버리는 것으로부터

어느 날 가깝게 지내던 대표님이 나에게 물었다.

"자신을 성장시키기 위해서 청소를 선택한 것인가요? 아니면 청소를 하다 보니 성장하게 된 것인가요?"

무엇이 먼저일까? 분명한 것은 나는 항상 나아지고 있다고 느낀다는 것이었다. 청소라는 직업 세계를 들은 것도 우연이었고 그것이 내 의식의 그물에 걸려든 것도 우연이었다. 나는 그저 어디론가 달리고 있었는데 축구공이 내 앞으로 떨어졌을 뿐이다. 나는 그렇게 믿는다.

마쓰다 미쓰히로 작가는 『청소력』이라는 책에서 정신질환의 시작점은 자신의 주변을 일부러 깨끗하게 하지 않는 것이라고 말한다. 쓰레기를 아무 데나 방치하고 목욕을 하지 않는 등 마치 더러워지고 싶기라도 한 것처럼 애를 쓴다는 것이다. 반대로 그것을 극복하는 순서는 자기 자신과 공간을 치우는 것부터 시작한다고 한다. 위의 질문을 받고 한참이나 고민해봤다. 내가 인지하지 못한 나의 무의식이 청소를 필요로 했는지 모른다는 생각을 했다.

제대로 된 월급을 받았던 첫 직장은 큰 공장을 보유한 제조업 회사였다. 재일교포 창업주의 회사로 일본식 기업 문화가 남아있었다. 그중에서 내가 지금도 가치 있게 생각하는 것이 바로 매뉴얼의 힘과 5S이다. 5S는 도요타 그룹의 3정 5S에서 유래한 용어로 정리(SEIRI)-정돈(SEITON)-청소(SEISO)-청결(SEIKETSU)-습관화(SHITSUKE)의 앞 글자를 딴 것이다. 주로 현장을 항상 깨끗한 상태로 유지를 하는 것에서 매우 강조되었던 것인데, 그 방침이 사무실에도 적용되었다.

그중에 가장 첫 번째는 바로 정리였다. 정돈과 청소 이전에 정리가 먼저다. 정리는 버리는 것이다. 필요한 것과 필요하지 않은 것을 구분하여 버리는 것이 첫 번째이다. 그다음이 필요한 것을 필요한 곳에 두는 것이고, 다음 단계가 깨끗이 청소하는 것이다. 상황을 개선하기 위해 가장 먼저 해야 할 것은 버리는 것임을 그때 깨달았다.

한참 마음이 시궁창이었을 때였다. 어지러웠다. 며칠을 고민해도 매듭짓지 못해 고약한 냄새가 나는 문제들이 머리를 가득 채우고 있었다. 주변의 사람들도 마찬가지였다. 가치관이 맞지 않거나 비전이 다르거나, 혹은 나아가는 걸음의 속도와 보폭이 달라 생긴 작은 불만들을 속으로 삭이며 악취만 풍기고 있었다. 모든 것에 정리가 필요했다. 아니, 정리가 우선되어야 했다.

이후로 많은 것들을 정리했다. 내가 지금 당장 필요하지 않은 것들을 버렸다. 그것이 인간관계라면 마음을 정리하고, 문서상으로 엮인 일이라면 그것대로의 방식으로 정리했다. 관계도 정리되고 주머니도 텅 비었다. 자잘한 부스러기들이 남아 있었지만 그것은 더 이상 내 문제가 되지 않았다. 그때였다, 청소라는 단어가 머리를 스친 것이. 그렇게 복잡하고 내 주변을 꽉꽉 채우고 있던 것들을 비우고 나니 새로운 것이 생각났다. 당분간 이것으로만 채워도 될 것 같았다. 그래서 청소를 시작했다.

나를 힘들게 했든, 힘들게 하지 않았든 꼭 필요하지 않았던 것들을 모두 정리하고 나에게 꼭 필요한 것인 나 자신을 정돈하고 보니 그때부터 청소가 시작되었다. 내 주변은 서서히 말끔해졌고 그것이 지금 나에게는 습관이 되었다.

그건 갚지 않아도
된단다

남편분, 분만실로 들어가실게요

깜짝 놀라 통화 중이었던 휴대폰을 떨어뜨릴 뻔했다. 몇 분 전까지 분만대기실에서 아내와 함께 있었다. 자정이 넘어서야 분만할 것 같다고 의사 선생님이 말씀하셨다. 그때 시간이 오후 5시경이었다. 그날은 분만 예정일이었다. 더 이상 지체한다면 아기가 너무 커져서 위험할 수도 있다고 했다. 병원에서는 아이를 만날 날을 정해보라고 했다. 의사 선생님이 달력을 우리 부부 앞으로 밀어 보여주었다. 고심 끝에 정한 날이 9월 9일이었다.

아침부터 병원을 찾아 유도제를 맞고 진통 주기를 재고 있었다. 잠시 대기실을 나와 걱정하고 계실 장모님께 전화를 드렸다. 의사가 아직 좀 더 기다려야 한다고 하니 천천히 오셔도 된다고 말이다. 근교에서 농사일 하시는 아버님과 어머님은 이제 막 일을 마치고 병원으로 오시기 위해 서두르고 계셨다. 내 전화에 두 분은 알겠다며 저녁 먹고 천천히 오시겠다고 했다. 그때였다. 문틈새로 아내와 간호사의 그림자가 휙 지나갔다. 짧은 순간이었지만 아내라고 확신했다. 얼마 되지 않아 간호사가 나를 급하게 불렀다.

두근거림과 동시에 두려운 마음으로 분만실이라는 곳에 들어갔다. 분만실은 생각보다 어두웠다. 아내는 침대에 누워서 고통스러워하고 있었다. 입술이 파래지도록 온 힘을 짜내고 있었다. 시간이 그토록 느리게 갈 수 있을까. 고통을 나눌 수 없다는 죄책감에 안절부절못했다. 거의 다 나왔으니 조금만 더 힘을 내라는 의료진들의 소리에 더 초조해졌다. 얼마 후 아이의 울음소리가 크게 들렸다. 넋이 반쯤 나간 나에게 한 간호사가 탯줄을 잘라야 한다고 라텍스 장갑을 주었다. 주섬주섬 장갑을 끼고 건네받은 가위로 작은 줄 하나를 어렵지 않게 잘라냈다. 혹시 내가 탯줄을 잘못 잘라서 우리 아이 배꼽이 못생겨지면 어떡하나 생각도 들었다. 공식적으로 아이가 세상에 태어났다. 제법 어두웠던 분만실의 전자시계가 빨간 숫자를 보이고 있었다. 정확히 19시 50분이었다.

파랗게 질려있던 아내의 입술은 서서히 원래의 색을 찾고 있었다. 기진맥진한 상태로 누워있는 아내에게 고생했다고, 고맙다고 말했다. 아직도 심장은 쿵쾅거리고 있었다. 아내는 후처치 때문에 분만실에서 좀 더 있어야 했다. 간호사가 분만실 밖에서 아이를 확인시켜주겠다고 했다. 분만실을 나가보니 폭신폭신한 분홍색 포대기에 싸인, 퉁퉁 붓은 고구마처럼 생긴 아기가 누워있었다. 손가락 발가락을 확인시켜 준 간호사가 잠시 이 순간을 기록할 시간을 주었다.

"꾸꾸야, 아빠야. 반가워."

휴대폰을 들고 사진을 찍다가 갑자기 아이에게 해주고픈 말이 생각났다. 지난 10개월 동안 아내의 배에 대고 했던 말이다. 목소리를 들려주면 아내의 배 안에서 꾹꾹이를 할 때도 있었고, 차분해지기도 했던 아이였다. '꾸꾸'라는 태명은 내가 지었다. 인도네시아어 사전을 뒤져보다가 찾은 '강인한', '튼튼한'이라는 뜻의 단어였다. 태명은 된소리로 된 것이 아이에게 잘 들린다고 해서 태명을 '꾸꾸'라고 지었다. 많은 부모들의 첫 바람이 그렇듯 건강하게 우리를 만나주었으면 하는 바람이었다.

생각해보면 우리는 참 어렵게 만났다. 자연 임신 실패로 많은 시간을 보낸 뒤 결국 인공 수정을 시도했다. 어느 날 아침 일찍 아내가 울면서 방문을 열고 들어왔다. 한 손에는 임신 테스트기 2개가 들려있었다. 직감적으로 알 수 있었다. '우리 아이가 와 주었구나!' 그날이 1월 1일, 새해 첫날이었다. 그해 9월 실제로 우리의 딸아이를 만나게 된 것이다.

창민아, 네 꿈은 뭐니?

고등학교 1학년 윤리 시간이었다. 마침 맨 앞자리에 있던 나는 선생님의 질문을 받았다. 윤리 선생님은 누가 봐도 윤리 선생님 같은 분이셨다. 깡마른 체구에 서서히 앞머리가 흰해지기 시작한 부스스한 헤어스타일. 두꺼운 안경테와 나긋나긋한 목소리 톤까지 잠이 들기 쉬운 과목에 어울리는 선생님이셨다. 칸트의 철학을 설명하시던 때 지휘하듯이 팔을 공중에 허우적대며 스스로에게 취해 설명을 해주셨던 기억이 생생하다. 물론 지금 그 내용은 기억나지 않는다. 그런 선생님이 갑자기 수업 중에 나에게 질문을 하셨다.

"음…. 좋은 아빠요."

두꺼운 안경 너머로 보이는 선생님의 작은 눈동자가 살짝 흔들렸음을 느꼈다. 아마도 생각 외의 답이 나왔으리라. 사실 나도 깊게 생각해본 적이 없다. 보통은 소방관, 경찰관, 판사(돌아가신 할

아버지의 소망), 신문기자(이건 아버지의 소망), 프로듀서(내가 주체적으로 생각한 소망이다.) 등의 직업을 이야기한다. 친구들의 꿈은 외교관, 교육부 장관, 금융인, 군인 등 다양했다. 외국어고등학교라는, 대구에서 공부 꽤 한다는 아이들이 모인 학교였기에 청소부와 같은 직업은 나올 리가 만무했다.

"'좋은 아빠'의 뜻은 무엇이니?"

"음…. 가정에서 존경받고 사회에서 인정받는 아빠요."

선생님은 잠시 생각 후 고개를 끄덕이시더니 다시 수업을 시작하셨다. 다음 수업 내용은 늘 그렇듯 기억나지 않는다. 다만 그 남은 시간 동안 나는 좋은 아빠란 무엇인가 하는 질문에 대한 답을 계속 찾았던 것으로 기억한다. 이전에는 들어보지도 못한 질문이었고, 구체적으로 생각해보지도 않았던 답이었다. 그러나 그런 질문에 그런 답을 말로 뱉었던 이유가 있을 것이었고, 그 이유를 나 스스로 납득할 수 있도록 근거들을 마련해야 했다.

아마도 그때 난 내가 아버지에게 바라는 모습을 말한 것이 아닐까. 어린 마음에 아버지를 미워했다. 아버지가 또 술을 먹고 취한 모습으로 집에 들어올까 두려웠고 걱정되었다. 평소의 아버지는 말수가 적었지만 술에 취하시면 말씀이 많아지셨다. 자신을 탐탁지 않아 하는 상사 이야기, 적은 월급 이야기, 빠듯한 살림살이 이야기를 어머니와 나누셨다. 방 안에서 불을 끄고 조용히 부모님의 이야기를 듣다 스르륵 잠들곤 했다.

'지금의 나는 좋은 아빠일까?'

이십 년도 더 된 그때의 내가 뱉었던 말을 나는 얼마나 실천하고 있을까? 아마 그것에 대한 답은 딸아이가 가지고 있을 것이다. 딸아이가 10년 정도 지나 예전의 내 나이가 되었을 때 물어봐야겠다.

아빠, 좋은 아빠니?

  내가 아빠가 되었다고 바로 아버지가 떠오른 것은 아니었다. 사실 입술이 파랗게 질린 아내를 보면서 30년 전의 엄마도 나를 이토록 힘겹게 낳았겠다는 생각은 들었다. 어릴 때부터 엄마는 초산에 골반이 좁아 진통 시간이 길었다고 입이 닳도록 이야기했다. 하루 종일 진통을 해서 산부인과 의사도 지쳐 나가떨어질 정도였다고 한다. 딸아이의 얼굴을 보고 나서 엄마와 통화하는데 나도 모르게 눈물이 났다.

  세 살 난 아이를 배에 태우고 소꿉놀이를 할 때였다. 한 손에는 장난감을, 한 손에는 딸아이의 손을 잡고 있었는데 내 손이 어딘가 익숙했다. 아버지의 손이었다. 아버지의 손은 예쁘다. 손가락이 길쭉길쭉하고 손톱도 반듯하게 생겼다. 어른들이 말하는 '일 못하는 손'이다. 내 손은 엉망이다. 손가락은 짧고 손바닥이 두껍다. 손톱은 또 조개 모양처럼 생겨서 아내는 손이 못생겼다고 항상 놀려댄다. 엄마 닮아서 그렇다.

어릴 적 술에 취해 들어오신 아버지는 자주 내 손과 팔뚝과 종아리를 만져보셨다. 때로는 일부러 힘주어 만지며 아들이 아픔을 참아내는 모습을 보는 짓궂은 장난도 하셨다. 어머니는 아버지의 등짝을 때리시며 아이 아픈데 쓸데없는 장난 하지 말고 잠이나 자라고 호통치셨다. 그러면 나도 내 방으로 들어와 컴컴한 어둠 속에서 부모님의 말을 엿들으며 잠이 들었다.

그때 나를 꽉 쥐시던 아버지의 손과 지금의 내 손이 닮아있었다. 손톱의 모양이나 손바닥의 두께 때문만이 아니었다. 거칠어진 손등의 피부와 짙어진 주름, 그리고 햇볕에 그을린 정도. 내가 기억 속의 아버지와 비슷한 나이가 된 것이다. 그제야 문득 아버지가 생각났다. 35살의 아버지는 어땠을까. 밥 벌어 먹고살기 힘든 세상에서 혼자 짊어진 짐이 얼마나 무거우셨을까. 그리 무겁고 고단하여 하루하루의 가시 돋친 세상에서 술을 방패로 삼아 숨어계셨을까. 전화 받을 때 '여보세요' 하는 목소리, 집중할 때 입꼬리가 내려가는 모습, 소주잔을 한입에 털어 넣지 않고 쫄쫄 마시는 버릇까지. 나도 모르는 사이에 나는 아버지를 닮아있었다.

아버지의 삶이 이해되지 않았다. 미웠다. 친구 아버님들의 다정하신 모습을 볼 때면 무엇보다 부러웠다. 이제는 아버지를 이해한다고 하지만 사실 지금도 미운 마음이 온전히 가시지는 않았다. 어쩌면 아버지가 싫어서 집을 떠나 기숙사 고등학교로, 타지의 대학교로 회피했는지도 모른다. 아니, 회피했었다. 그토록 낮게 유지되던 아버지에 대한 감정의 끓는점이 내가 아빠가 되고 나니 조금씩 올라갔다.

지금 나는 아버지의 삶을 다시 살아간다. 아버지에게는 아버지만의 고민과 짐들이 있었을 테고 나에게는 나만의 삶과 행복이 있다. 그뿐이다. 무엇이 낫고 무엇이 그르다는 기준은 없다. 과거로부터 지금의 내가 존재하지만 그 과거에 짓눌릴 필요는 없다. 과거의 핑계를 대지 말자. 지금 당장 내 배 위에서 뚱땅거리고 있는 소중한 아이에게 사랑을 주자.

아버지와는 다르게 살자.

함께한다는 것

아내로부터 전화가 왔다. 이 시간에 전화가 올 리 없는데 급한 모양이다. 전화기 너머로 딸아이의 울음소리가 들린다. 잠투정을 하나 보다. 유독 딸아이는 잠투정이 심했다. 생글생글 웃고 순하다가도 저녁때만 되면 어김없이 1~2시간을 기를 쓰면서 울었다. 어디가 아픈 것처럼. 말도 못 하고 알아듣지도 못하는 아이가 우는 것을 지켜보는 엄마 아빠의 마음은 바싹 타들어 간다. 젖병도 물려보고 기저귀도 살펴보고 배앓이를 하는지 노심초사하며 이 시간이 지나기만을 기다린다. 결국 아이는 불만이 해소된 것인지 아니면 지쳤는지 모르겠지만 곤히 잠이 든다. 그때까지 기를 쓰며 버티던 아내도 기진맥진해진다.

딸아이가 100일 되었을 때 장사를 시작했다. 때문에 그 참혹한(?) 현장에 나는 부재중일 때가 많았다. 회사에서 퇴근 후 집으로 와 요기를 하면서 잠깐 아기 얼굴을 본 다음 다시 가게로 출근했다. 자정이 넘어서 가게를 정리하고 집에 들어오면 새벽 1시. 그제야 배고프면 컵라면을 하나 먹고 쪽방에서 쓰러져 잤다. 내 코 고는 소리에, 아침 7시에 출근하면서 부스럭대는 소리에 아이가 깰까 봐.

오늘은 아내도 힘에 부쳤나 보다. 카페 문을 연 지 1시간여 만에 SOS를 알리는 전화가 왔다. 이를 어쩌나. 이미 손님이 와서 차를 마시고 있다. '딸아이가 아파서 지금 가봐야 하는데 환불해 드리겠습니다'라는 말이 나오지 않았다. 그것은 아내도 마찬가지였다. 차마 지금 있는 손님들을 쫓아 보내고 집으로 오라는 말을 할 수 없었다. 차를 마시는 손님이 언제 나갈지 힐끔거리며 하염없이 시계만 쳐다봤다. 다행히 더 이상의 손님은 없었다.

손님이 나가자마자 뛰쳐나갔다. 집에 도착했을 때 아내는 지칠 대로 지쳐서 소파에 기대앉아 울상을 하고 고개만 돌려 나를 보았다. 딸아이는 언제 울었냐는 듯 아내의 품에서 쌔근쌔근 곤히 자고 있었다.

그렇게 미안함만 가지고 시작했던 장사인데 내 몸이 다 상하고서야 정리하게 되었다. 나 혼자만이 아니라 가족 모두 힘이 들었는데 제대로 된 돈을 벌어다 주지도 못했다. 그 또한 미안했다.

생후 100일의 아가였던 딸아이는 이제 8살 초등학생이 되었다. 가게를 모두 정리한 때는 날씨가 참 좋았던 5월이었다. 아내와 딸아이에게 '저녁 시간에 집에 있는 아빠'는 어색한 존재였다. 하지만 딸아이의 얼굴에는 행복이 묻어났다. 나뿐만 아니라 아내도 그것을 느끼고 있었고 다행이라고 생각했다. 아빠가 함께 있다는 것만으로도 아이에게는 충분한 안정감을 주는 것이 아닐까. 어릴 적 내가 아버지가 언제 오시려나 컴컴한 방에서 대문 소리에 귀를 기울였던 것처럼 말이다.

외식하러 나가자고 했다. 집 앞에 있는 작은 동네 치킨집에 한번 가보자고 했다. 몇십 년은 영업하신 듯한 노포 느낌 물씬 나는 그런 치킨집이었다. 프라이드치킨 한 마리와 돈가스를 시키고 아내와 내가 마실 생맥주도 두 잔 주문했다. 태블릿 PC로 영상을 보면서 작게 썬 돈가스를 날름날름 받아먹는, 이제는 어린이가 된 딸아이와 어느새 엄마라는 호칭이 더 익숙해진 아내의 얼굴을 번갈아 보았다.

"고생 많았어. 둘 다."

두껍고 무거운 맥주잔 두 개와 작은 스테인리스 물컵이 살짝 부딪쳤다. 함께 미소를 지었다.

아빠의 일

초등학교 4학년 때의 일이다. 학교에서는 한 달에 한 번 현장 학습을 갔다. 소풍처럼 떠날 때도 있었고 사생대회 겸 공원을 찾는 일도 있었다. 45인승 버스를 타고 대구 인근의 이곳저곳을 돌아다녔다. 한 달 동안 가장 기다린 날이기에 월간 계획표가 나오기만을 기다렸다.

"어? 여기 우리 아빠 회산데?"

월간 계획표에 익숙한 장소가 보였다. ○○ 신문사. 아버지가 근무하시는 곳이었다. 신문이 만들어지는 과정을 견학한다는 주제로 현장학습이 계획되어 있었다. 여기는 우리 아빠가 근무하는 곳이라고 친구들에게 말했다. 집에 돌아와 부모님께 말씀드렸다. 이번 달 현장학습 장소가 아빠 회사라고 말이다. 아버지가 술을 드시고 오시던 날이었는지 아니면 알고 계시면서도 아무런 이야기를 해주지 않으셨는지 잘 기억은 나지 않는다.

현장학습 날에 꽤 멀리 버스를 타고 간 곳은 한눈에 담기 힘든 큰 규모의 공장이었다. 신문을 배송하는 트럭들이 10대 넘게 줄지어 서 있었고 2층 높이의 신문 인쇄 기계는 아이들을 압도할 만했다. 생각보다 큰 공장의 규모에 집중이 흐트러졌지만 내 목표는 명확했다. 아빠를 찾는 일이었다. 아빠를 발견하면 반갑게 인사하고 우리 아빠라고 자랑할 참이었다. 같은 반 친구들이 안내해주시는 분의 설명을 듣고 필름 카메라로 사진을 찍는 동안 나는 사무실이며 공장을 두리번거렸다. 하지만 아버지를 찾지 못했다. 당시에는 책상 앞에 놓인 나무로 된 명판의 이름이 한자로 되어 있었다. 두 글자만 알고 있는 아버지의 성함을 떠올리며 찾아봤지만 결국 찾지 못했다. 그때의 아쉬운 마음이 아직도 기억난다. 아마 어린 마음에 아빠를 자랑하고 싶었던 마음이 컸을 테다.

나중에 알게 된 사실은 아버지가 나를 계속 지켜보고 계셨다는 것이다. 거대한 신문 기계를 둘러볼 때는 2층 난간에서 견학하고 있는 우리를 보고 계셨다고 한다. 수많은 아이들 틈에서 두리번거리는 아들의 모습을 쉽게 찾았을 것이다. 그런데 왜 나에게 인사를 하지 않았냐고 물었지만 아버지는 답하지 않으셨다. 그날도 아버지가 술을 드셨는지 안 드셨는지 기억이 나지 않는다.

30년이 흘러 내가 마흔의 아빠가 되었다. 이제 그때의 아버지보다 더 많은 나이다. 딸아이의 나이가 그때의 나와 비슷해졌다.

신문사 사무실이 아니라 신문사 생산 공장에서 일하시던 아버지는 자기 자신이 부끄러우셨을까. 공장에서 일하는 아버지를 두었다는 사실에 하나뿐인 아들이 부끄러워할까 노심초사하셨을까. 자신이 부지런히 일해서 네 가족을 건사하고 있음에도 불구하고 직업에 귀천이 있다고 믿고 계셨을까.

그날의 장면들은 희미해졌지만 그날의 감정은 계속 남아있다. 얼추 대화가 가능해진 후부터 딸아이에게 아빠가 무슨 일을 하는지 알려주고 싶었다. '다녀올게'라는 말과 함께 아침에 나섰다가 해가 지고 나서야 돌아오는 '회사', 돈을 벌기 위해서는 어쩔 수 없이 가야 하는 '회사'의 이미지를 딸아이에게 남겨주고 싶지 않았다. 단순히 직장을 지칭하는 것이 아니라 아빠의 '일'에 대해 알려주고 싶었다.

딸아이가 기억하지 못할 만큼 어릴 때부터 회사를 그만두고 카페를 운영한 덕분에 딸아이는 보통의 아빠들과는 다른 아빠의 모습을 보고 자랐다. 아빠가 매일 등원을 함께했다. 부모 참관 교육이 있을 때면 엄마들 사이에 혼자 아빠로 참석했다. 하원할 때에는 엄마 대신에 아빠가 온다고 딸아이의 친구들이 신기해했다. 딸아이에게 아빠는 '사람들에게 맛있는 밀크티를 만들어 주는 사람'이라고 이야기해주었다. 아빠는 '우리 동네에 없었던 맥주와 피자를 만드는 사람'이라고 말해주었다. 덕분에 어린 딸아이는 어린이집에서 아빠 가게에는 우유가 많아 친구들을 데리고 놀러 가고 싶다고 선생님께 말했단다. 이 얼마나 사랑스러운 자랑인가.

  지금의 딸아이에게는 굳이 아빠의 일을 설명해주지 않아도 된다. 이제 아이 혼자 생각하고 이해할 나이가 되었기 때문이다. 때로는 내가 직접 이야기해줄 시간이 점점 줄어드는 것 같아 아쉬운 마음이 들기도 한다. 그래도 딸아이에게 전해준 아빠의 일에 대한 이야기가 씨앗이 되어 폭신한 마음의 흙에 잘 심어졌기를 바란다. 돈을 벌기 위해 하루 종일 보이지 않는 일을 하는 아빠가 아니라, 항상 어딘가에서 의미 있는 일을 하고 있는 아빠로 그려졌기를 바란다.

딸아이를 바라본다. 무언가 하고 싶은 행동이 있는데 나와 아내의 눈치를 본다. 아무 일도 없는 듯이 태연한 척하지만 내 눈에는 보인다.

"재이야, 뭐 하고 싶은 거 있어?"
"아니, 괜찮아."

소파에 늘어지게 누워서 개운하지도 않을 기지개를 켠다. 분명히 뭔가 하고 싶은 게 있다. 심심해서 무언가를 하고 싶은 것이 아니라 뭔가 하고 싶어서 심심한 상태다. 어떻게 아느냐고? 내가 어릴 때 딱 저랬다. 뭔가 하고 싶은 것이 있어도 행동부터 하지 않았다. 생각부터 했다. '엄마가 어떻게 반응을 할까', '나무라거나 거절하게 되면 내 기분이 안 좋아지겠지'라는 부정적인 생각부터 하는 것이다.

어릴 적부터 나는 눈치가 참 빨랐다. 어릴 적 기억에도 우리 가족이 화목한 가정이라고는 생각하지 않았다. 그렇다고 죽도록 불행하다고 생각한 적도 없었던 것 같다. 다행히 좋은 일에 가산점을 붙이는 편향된 기억 덕분에 긍정과 부정의 저울추가 평형을 이루었다고 표현하는 것이 올바른 표현인 듯싶다.

눈치가 빨라 말을 꺼내기가 어려웠다. 어머니는 내가 어릴 적 무엇을 사달라고 그렇게 고집을 부렸다고 한다. 장난감 가게를 그냥 지나치지 못했다고 말이다. 아마도 참 어릴 때일 것이다. 나에게는 그런 기억이 없다. 나는 장난감이든 책이든 옷이든 먹을 것이든 참았던 기억밖에 없다. 원하는 것을 원한다고 당당하게 부모님께 말하는 친구들을 볼 때면 다른 세상에서 온 사람처럼 신기하게 쳐다보았다. 빠듯한 생활 형편이라는 것을 알았는지 옷가게에서도 어머니가 옷을 고를 때면 나는 가격표를 빠르게 훔쳐보았다. 비싼 옷이라면 그 옷은 내 눈에 별로였다. 눈치가 빠른 나는 계산도 빨랐다. 겁도 많았고.

딸아이는 나를 참 많이 닮았다. 외모는 둘째 치고 생각하는 것이 나를 많이 닮았다. 그래서 안쓰럽다. 나중에 어른이 되어서 나와 비슷한 생각을 할 가능성이 높을 테니까. 하고 싶은 것과 해야 하는 것 사이에서 고민하고 슬퍼하겠지. 때로는 이런 상황에 자신을 둔 나와 아내를 원망할지도 몰라. 분명 나쁜 일만 있지는 않겠지만 딸아이가 조금이라도 감정적으로 힘들지 않았으면 하는 게 아빠의 마음이다. 그때마다 내가 조금 더 배우고 직접 보여주어야겠다는 다짐을 새로이 한다. 열심히 일해서 많은 재산을 물려주는 것도 좋지만 어른이 되어서도 덜 힘들도록 마음을 키워주겠다는 다짐을.

그중 하나가 원하는 것을 말하기 연습이다. 딸아이가 원하는 것을 직접 우리에게 말했을 때 더 신경 써서 눈을 맞추고 집중해주기로 아내와 얘기했다. 물론 원하는 것 모두를 들어주려 하지는 않는다. 사실 딸아이가 어렵게 이야기를 꺼내는 것은 보잘것없는 것일 때가 많다. 사탕 하나 먹어도 되냐, 사고 싶은 책이 있는데 사도 되냐 등이다. 지금 당장 할 수 없거나 가까운 미래에 할 수 있는 아이디어 수준의 것들은 함께할 수 있는 방법을 찾아보는 시간을 가진다. 그 후에 원하는 것을 아빠 엄마에게 이야기해주어서 너무 잘했다고 칭찬으로 마무리한다.

초등학교에 들어간 뒤로 아이에게 용돈을 주기 시작했다. 돈에 대한 제대로 된 인식을 미리 심어주고 싶어서였다. 그리고 자신의 용돈으로 자신이 하고 싶은 것을 할 수 있는 기회에 노출시켜주고 싶었다. 매주 일정 금액의 용돈을 주고 그것을 세 가지로 나눈다. 첫 번째는 마음대로 쓰는 돈, 실제 용돈으로 쓸 수 있는 돈이고 두 번째는 저금하는 돈이다. 최근에 은행 계좌를 개설해주고 저축 용돈 만 원이 모이면 은행에 가서 입금하고 있다. 세 번째는 기부다. 비워야 채워지고 나누어야 더 많은 것을 가질 수 있다는 것을 가르쳐주고 싶다. 아이의 기준으로 꽤 많은 금액이 모였는데 어디에 기부하는 것이 좋을지 딸아이와 함께 고민 중이다.

한 달 전부터는 용돈을 주지 않고 있다. 이제는 아빠에게 용돈을 달라고 해야 주겠다고 했다. 자기 권리는 스스로 찾으라는 식의 조금 강한 압박이라고 해야 할까. 한 달간 이야기를 못 했는지 아니면 용돈을 주는 요일을 매번 놓쳤는지는 모르겠지만 한 달 만에 용돈 주는 날이라고 딸아이가 직접 이야기를 했다. 나는 아빠가 깜빡했다며 성대한 용돈 증정식을 시작했다. 5성 장군이 등장하는 팡파르에 맞추어서.

딸아이가 세 살쯤 되었을 때였다. 유창하지는 않지만 종알종알 하면서 말을 배울 때다. 그런데 종종 말을 더듬는 것이 아닌가. 아차 싶었다. 내가 나쁜 것을 물려준 것은 아닐까 하는 걱정과 불안감이 엄습했다. 나는 말을 더듬는 버릇이 있다. 중학교 때에는 학교 근처의 언어 교정센터도 다녔다. 당시 언어 교정센터는 드물기도 했고 굳이 다른 사람들에게 알릴 필요는 없었다. 당시 어머니도 언어 교정센터를 다닌다는 것을 주변에 이야기하지 말라고 하셨던 것 같다. 언어 교정센터 비용은 꽤 비쌌던 것으로 기억한다. 25년 전인데 20만에서 30만 원 정도였으니. 언어 교정센터는 3개월 정도 다니고서 그만두었다. 자세히는 기억나지 않지만 중학생의 나이에도 스킬적인 부분보다는 심리적인 요인을 강조하는 것을 보고 돈이 아깝다고 생각했던 것 같다. 교정비도 비싸서 부모님께 죄송스럽고 미안했다.

어머니는 내가 말을 더듬기 시작한 시기가 초등학교 입학하기

직전이라고 말씀하셨다. 당시 우리 가족은 월세방에 살고 있었다. 그 집의 임대인 아주머니가 청각장애인이었다. 밤마다 본채에 사시는 아주머니의 TV 소리가 별채 우리 집까지 들릴 정도로 소리가 컸다. 주인아주머니와 이야기를 하려면 추리 능력이 필요했다. 크게 벌린 입에서 자음 소리는 거의 나지 않고 모음 소리만 들렸기 때문이다. 어머니는 내가 말을 더듬는 버릇이 그 주인 아주머니를 장난으로 따라 하다 생긴 몹쓸 버릇이라고 생각하셨다.

그런데 초등학교 2학년 때까지 다닌 피아노 학원에서 특이점이 보였다. 첫 음이 안 쳐지는 것이었다. 말을 더듬을 때 첫음절을 더듬듯이 피아노를 칠 때에도 첫 음을 치는 손가락을 더듬은 것이다. 피아노학원 원장님이 어머님과 가까우셨는데 아마 그런 증상을 어머니에게 말씀하셨던 것 같다. 단순히 누군가를 따라 하다가 생긴 버릇이라고 하기에는 독특한 증상이었다.

어머니 말씀에 따르면 외삼촌들도 어릴 때 다들 말을 더듬으셨다고 했다. 모두들 유쾌하고 장난기가 많으신 분들이다. 외삼촌들이 어릴 때에는 말을 더듬었지만 성인이 되어서는 말을 더듬지 않게 되셨다고. 그러면서 너는 왜 다 커서도 계속 말을 더듬냐고 나무라셨다. 어린 나는 위축될 수밖에. 언젠가 아버지는 나에게 웃으시면서 말씀하셨다. "너는 말을 더듬으니 말로 하는 직업은 어렵겠구나" 하고. 말로 하는 직업은 변호사나 선생님 같은 직업을 의미했다. 아무래도 아버지가 중고등학생 시절 나에게 신문기

자라는 직업을 추천하신 이유가 말보다 글을 다루기 때문이 아니었을까 조심스레 추측해본다.

어릴 때부터 책을 좋아하기도 했다. 왜 말을 더듬냐고 핀잔과 놀림을 들을 바에는 입을 꾹 다물고 있는 편이 나았다. 책을 읽거나 생각을 글로 옮기는 것이 느리더라도 마음이 편했다. 처음 휴대폰을 가졌던 중학생 때부터 전화보다 문자 메시지로 소통을 많이 했다. 전화는 뭔가 부담스러웠다. 지금 MZ세대들이 이야기하는 콜 포비아 같은 증상을 나는 그때부터 겪고 있었다. 그러다 대학교 때에 말 더듬는 것이 특정 뇌 신경에 의한 증상일 수 있고 거기에 유전적 영향이 있을 수 있다는 이야기를 들었다. 그 이후로는 그냥 이렇게 태어난 것이니 너무 자신을 깎아 먹지 말자고 마음먹었다.

언젠가 아내에게 물어 봤다. 내가 말을 더듬는 것이 신경 쓰이지 않냐고. 아내는 아무렇지 않은 표정으로 이야기했다. 지금까지 20년을 봐오면서 한 번도 내가 말을 더듬어서 소통이 불편하다는 생각을 하지 않았단다. 더구나 일을 하고 사람을 만나는 데에 말 더듬는 것이 문제가 된 적 없기에 전혀 심각하게 보지 않는다고 말이다. 오히려 말 더듬는 것에 대한 내 콤플렉스의 깊이가 생각보다 깊다는 사실에 놀란 눈치다.

딸아이가 말을 조금씩 더듬었다. 처음에는 잠깐 그런가 보다

했었는데 제법 시간이 지났는데도 나아지지 않는다. 가슴이 철렁했다. 아내는 이제 말을 배우기 시작하는 시기라 자기 생각에 비해 말이 느리기 때문에 잠깐 더듬는 시기일 것이라고 말했다. 걱정하지 말라고. 그래도 조마조마한 것은 어쩔 수 없었다. 마흔에도 아물지 않는 콤플렉스니까. 딸아이도 평생 콤플렉스를 안고 살아갈까 봐.

　나쁜 것은 주고 싶지 않은 것이 부모의 마음이다. 좋은 것만 주고 싶다. 그런데 어쩔 수 없는 것들도 있다. 어릴 적 축구를 하다가 넘어져 무릎을 다쳐 돌아올 때면 어머니는 세상 속상해하셨다. 흠 없이 낳아주었는데 자꾸 다쳐서 온다고 혼내기도 하셨다. 우리 부모님이 내 몸을 얼마나 세심하게 아끼고 살펴보셨는지 이제야 알 것 같다. 왜 말 더듬는 버릇을 고치지 못하냐고 다그치셨던 것도 미안함과 속상함의 표현 아니었을까. 나는 참 어리석다.

　마흔 즈음이 되니 그때 어머니의 마음이 조금은 이해가 된다.

비디오와 피아노

초등학교 2학년 때 가을 밤이었다. 제법 어스름이 내린 저녁이었으므로 아버지는 적당히 취한 상태였다. 그날의 아버지 손에는 보자기에 싸인 물건이 하나 있었다. 미소를 지으며 내려둔 보자기를 풀어 보니 비디오 플레이어가 있었다. 과거에 비디오 플레이어는 평범한 가정이라면 하나씩은 가지고 있었다. 지금 생각해 보면 월세에 살고 있었던 우리 집은 악착같이 살아내고 있는 형편이었던 것 같다.

그런 집에 비디오 플레이어라니! 눈이 휘둥그레진 나는 신나서 펄쩍펄쩍 뛰었다. 중고 비디오라고 하셨는데 그게 무슨 상관일까. 우리 집에도 비디오가 생겼다며 정말 기뻐했었다. 늦은 밤이었지만 아버지는 보고 싶은 비디오가 있냐며 지금 빌려 오겠다고 하셨다. 나는 〈바이오맨〉 2편이라고 말했다. 엄마도 평소에 보고 싶었던 영화 제목을 말씀하셨다. 그러면 그 두 개를 빌려 오겠노라며 대문 밖을 나가시는 아버지의 걸음도 가벼워 보였다. 아버지가 빌려 오신 비디오는 시간이 늦었으니 내일 학교 갔다 와서 보라고 하셨다. 지금까지 참았는데 하루가 문제랴. 입이 귀에 걸릴 만큼 함박웃음을 지으면서 잠자리에 들었던 소중한 기억이다.

30년이 지난 얼마 전에 부모님께 그때의 기억을 말씀드렸다. 당연히도 부모님은 갸웃갸웃하신다. 잘 기억이 나지 않는다고 하신다. 뭐 그렇겠지. 당신들에게는 자식들에게 베푼 여느 하루와 같은 하루였을 뿐일지도 모른다.

얼마 전부터 딸아이가 피아노를 배우고 싶다고 하여 피아노 학원에 등록했다. 워낙 낯을 많이 가리고 자기표현을 못하는 성격이라 한 달을 채울 수는 있을까 걱정했는데 생각보다 흥미를 가지고 잘 다닌다. 역시 아이는 부모의 생각보다 훨씬 강하다. 아내와 상의해서 작은 전자 피아노를 한 대 사주기로 마음먹었다. 새 피아노를 턱턱 사줄 형편은 안 되어 당근마켓을 뒤적거렸다. 마침 적당한 가격의, 기능은 그리 많지 않은 심플한 피아노가 올라와 있었다. 판매자분과 이야기를 나누고 작은 경차에 실어서 집으로 왔다.

현관문을 여니 학교 마치고 온 딸아이가 여느 때와 마찬가지로 방긋 웃으며 아빠를 반긴다. 나는 환한 얼굴로 몸뚱이만 한 짐을 끙끙거리며 들고 현관문을 들어왔다. 아이의 눈이 휘둥그레졌다.

"짠, 이거 재이 선물이야."

딸아이가 박수를 치면서 폴짝폴짝 뛴다. 행복하다. 아마 30년 전 그날 적당히 취기가 오른 아버지도 그런 내 모습을 보면서 세상 행복하셨겠지. 받침대를 세워주고 피아노가 떨어지지 않도록 고정시켜 준 다음 전원을 꽂아 소리가 나는지 체크했다. 엄마가 화장대에서 쓰던 작은 의자를 가지고 와서 이제 치고 싶을 때 마음껏 치라고 말해줬다. 단, 아파트이니 소리를 너무 크게 하지 말기로 약속하고. 거실로 나와 소파에 앉았다. 방 안에서는 무슨 멜로디인지 모를 꿍꽝꿍꽝거리는 소리가 연신 난다. 신기하게도 피아노 소리에 신남이 묻어있다. 아내와 나의 얼굴에도, 딸아이의 얼굴에도 비슷한 미소가 퍼지고 있다.

생각해보면 부모님과의 추억 중에 아직까지 기억에 남는 것은 모두 작디작은 것들이다. 서운하시겠지만 큰맘 먹고 해주신 이벤트는 기억나는 것이 몇 없다. 오히려 술 드신 아버지가 불러서 한밤에 간 시장 통닭집에서 먹었던 프라이드치킨, 일요일 할머니 댁에서 하루 종일 밭일하고 집으로 돌아오는 길에 먹었던 1인분에 2,000원짜리 단골 돼지갈빗집이 더욱 기억에 남는다. 그때의 아버지보다 내가 절대적 액수의 자산은 더 많지만 그렇다고 부자가 된 것은 아니다. 아쉬운 마음에 마음이라도 풍족해지자고 아내에게 말을 건넨다.

가까운 농협 하나로마트에 갈 때면 원예 농가에서 판매하는 꽃을 식탁에 두자며 몇 송이씩 사 오고는 한다. 딸아이에게 예쁜 꽃을 골라보라고 하고 함께 꽃병에 꽂아둔다. 작지만 꽃이 있어서 기분 좋은 하루가 되는 듯하다.

나는 딸아이에게 작은 행복을 자주 만들어 주고 싶다.

알코올 중독 아버지

아버지의 알코올 중독 증세가 심해졌다. 지켜보는 가족들이 힘들어했고, 아버지 본인이 자신을 컨트롤하지 못하는 상황이었다. 황급히 걸려 온 전화에 당장 집으로 내려갔다. 아버지는 직계가족의 동의로 정신병원 폐쇄병동에 입원하게 되었다. 며칠 후 다른 질환으로 외부 병원 진료 때문에 외출이 허용되었다. 폐쇄병동에서 나와 그동안 먹고 싶었다는 국밥집을 찾아갔다. 아는 사람이 맛집이라고 아버지에게 이야기했단다. 지인도 아닌 길거리에서 만난 뜨내기 술꾼이었을 것이다. 외관도 맛도 그저 그런, 동네에 있는 평범한 프랜차이즈 국밥집이었다. 수육 한 접시와 국밥 두 그릇을 주문했다. 아버지는 여느 때와 마찬가지로 수저통에서 수저를 꺼내어 자신 앞에만 가져다 두었다.

"아부지, 엄마 수저도 좀 놔줘라."

어린아이 타이르듯 웃으며 아버지에게 말했다. 아버지의 무뚝뚝한 표정에 어린 당황한 기색이 나에게는 보였다. 아차 했을 것이다. 그렇게 내 옆에 앉은 엄마에게 수저를 놓고 어색한 침묵이 흘렀다. 모두가 지쳐있었고 대화로 풀어낼 힘마저 없었다. 대단치 않은 몇 마디 대화와 함께 그리 감명 깊지도 않은 국밥 한 그릇을 먹고 다시 병원으로 나섰다.

어머니는 나와 아버지를 병원 앞에 내려주고는 차에서 기다리겠다고 했다. 아버지를 부축하여 병원으로 들어갔다. 엘리베이터를 타고 폐쇄병동이 있는 엘리베이터 버튼을 눌렀다. 차가운 엘리베이터의 냉기보다 아들과 아버지 사이의 공기가 냉랭했다. 폐쇄병동의 문이 열렸다. 그때였다.

"아부지, 한번 안아보자."

아마도 처음이었을 것이다. 아버지의 두꺼운 팔뚝에 매달렸던 6~7살 무렵 이후로 대략 30년 동안 아버지를 두 팔 벌려 안은 것이. 생각보다 아버지의 품은 따뜻했고 아직 왜소하지도 않았다. 탄탄했고 기억 속에 남아있는 아버지 특유의 냄새까지 났다.

"아버지, 고마워요."
"그래, 고맙다."

병동 입구에서 나는 눈물을 참느라 혀로 입천장을 누르고 있었고 아버지도 눈가가 촉촉해졌다. 아버지는 아들에게 눈물을 보이기 싫은 듯 조심히 가라며 손인사를 하고는 병동으로 들어갔다. 병원 근무자의 안내를 받고 외부자 격리실로 다시 들어갔다. 몇 달 후 제법 건강을 찾은 아버지는 퇴원하고서도 다시 술을 입에 대었다. 병원에 입원해 있으면서 그토록 마시고 싶었던 술인데 물리적으로 막는다고 어찌하겠는가. 그러던 중에도 어머니 앞에서 눈물 흘리시면서 이야기하셨단다.

"창민이가 키워줘서 고맙다고 안아주더라."

엄마도 내심 놀라서는 나에게 간간이 아버지께 전화드리고 위로해주라고 부탁했다. 그러겠다고 했지만 막상 그러지는 않았다. 내 눈앞에 보이지 않으니 그저 어리석은 아버지가 미웠다. 그리고 이제 막 깊은 감정의 구덩이에서 빠져나오고 있던 때라 또다시 빨려 들어갈까 두려웠다. 이기적인 아들.

결혼하고 나 또한 아빠가 되었다. 하나뿐인 딸아이가 나중에 서른이 되었을 때에도 나를 '아버지'라고 부르는 것보다 '아빠'라고 불렀으면 했다. 그 마음이 생각나 국밥을 먹으며 아버지에게 물었다.

"아버지, 내가 아빠라고 부르는 게 낫나, 아니면 아부지라고 부르는 게 낫나?"

"그래도 아빠보다는 아부지라고 부르는 게 낫지."

네가 아들이라서 아부지라고 불리고 싶나 보다고 엄마는 덧붙여 말했다. 여동생은 아직 아빠라고 부르지만 나는 아버지라고 부르고 있다. 아버지라고 부르기 시작한 것도 내가 결혼하면서 부터다. 뭔가 어른이 되는 것 같은 과정을 거치며 호칭도 바꾸어야 한다는 생각이 들어서였다. 다 큰 아들이 자신을 아빠라고 부르면 아무래도 다른 사람들의 시선을 받지 않을까 하는 생각일지도. 하지만 아직도 아버지는 자신을 지칭할 때 '아빠'라고 한다. 그렇게 아들은 자신을 아버지라고 불렀으면 하면서 자신은 여전히 두 자식의 아빠다. 아버지의 머릿속에도 단칸방에서 자신의 단단한 알통을 만지작거리며 잠들던 7살의 아들이 숨 쉬고 있는 것일까.

사실 나도 그때의 창민이로 되돌아가고 싶다.

"남자도 불쌍타, 저렇게 가기 싫어도 처자식 먹여 살릴라고 회사에 간다."

중학생 무렵이었다. 아버지는 어김없이 전날 술을 드시고 오셨고 피곤한 몸을 이끌고 회사로 출근하셨다. 아버지가 출근하신 뒤 주방에서 어머니는 속상함을 가득 안고 말씀하셨다. 어린 내 눈에는 별다를 게 없었던 하루의 시작이었지만 어른들의 눈에는 다른 것이 보였나 보다. 아버지는 내가 태어나기도 전에 들어간 회사에서 한 번의 이직 없이 25년 가까이 근무하셨다. 그때에는 보통의 인생이며 당연한 일이었다.

다만 아버지는 50세가 조금 넘은 시점에 이른 퇴직을 하셨다. 평생 몸담았던 직장을 그만두시고는 남는 시간을 무기력하게 보내셨다. 그때였을 것이다. 나는 평생 즐겁게 일을 하고 싶다는 어렴풋한 소망이 피어난 때가. 조직이 내 노후를 책임져주지 않는다고, 몇 푼 안 되는 퇴직금으로 위로하기에는 남은 삶이 너무 길다고 생각했다. 아버지가 퇴직을 하셨던 시기는 내가 군복무를 할 때었다. 장기 복무를 하라는 권유에도 고개를 저으며 꾸역꾸역 전역을 했다. 그리고는 하고 싶었던 일을 하겠다며 천방지축으로 날뛰었다. 아마 아버지가 정년을 채우시고, 퇴직 후에도 자신이 이루지 못했던 꿈을 향해 도전하는 모습을 보여주셨다면 내가 그런 무모한 일들을 할 수 있었을까? 아마 적당한 직장에서 보통의 즐거움과 묵은지 같은 고민들을 숙성시켜가며 살고 있지 않았을까.

사실 내 몸이 힘들고 정신이 힘들어지니 가족들마저 짐으로 느껴졌다. 어머니의 말씀처럼 내가 가족들을 먹여 살려야 한다는 압박감이 더욱 마음을 짓눌렀다. 그래서 큰불이 났을 때도, 코로나로 적자가 쌓여갈 때도 발을 동동 구르며 속이 타들어갈 듯 힘들어했었다. 이런 내가 불쌍하다고까지 생각했다. 누구의 허락도 없이. 참 이기적이었다. 어쩌면 30년 전 아버지도 비슷한 생각이셨을까. 가족들에게도 속내를 털어내지 않고 몇 잔의 술로 마음속에 꾹꾹 썩혀놓았을까. 썩은 내가 진동할 때가 되어서야 폭발하는 말은 날카로운 가시 범벅이라는 것도 알았으면서. 내가 하는 꼴이 아버지를 빼다 박았다. 어린 내가 스스로 각인한 아버지의 모습을 아직 지우지 못했던 것은 아닐까.

성인이 되고 직장 생활을 시작하면서 그제야 아버지를 조금씩 이해할 수 있었다. 가정을 꾸리고 딸아이가 생기면서 어릴 적 내 기억 속의 아버지와 지금의 내 모습에 공통점이 있다는 것을 깨달았다. 더불어 인생을 살아오면서 순간순간 스쳐 지나가던 장면들에서 내 과거의 모습들이 겹쳐 보였다. 분만실에서 힘들어하는 아내의 모습에서 40년 전 엄마의 모습이, 밖에서 일하다 와서 벌겋게 상기된 주름진 내 손등에서 아버지의 손등이, 현관문을 열고 들어가면 웃는 얼굴로 마중 나오는 딸아이의 모습에서 어릴 적 나와 내 동생의 얼굴이 보였다.

미워했건 지워버리고 싶건 모두 나의 시간들이고, 그로 인해 지금의 내가 있다. '아버지처럼 살지 않아야지'라고 되새겼던 짧은 문장은 어린 내가 좋은 아빠를 꿈꾸게 해주었고, 현재의 나에게 매 순간 열심히 살아가고 있냐는 물음을 던져주었다. 아버지 '때문에' 했던 모든 선택이 아버지 '덕분에' 이리 되었다. 지난 일들을 바꿀 수 없다는 것을 절실히 깨달았으니 좋으면 좋은 대로 나쁘면 나쁜 대로 두기로 했다. 내게 남은 숙제는 그것들을 어떻게 받아들이냐는 것이었다.

내가 정신과 약을 삼켜가면서도 무너지지 않았던 이유는 '내가 왜 힘들까' 하는 질문을 스스로 던졌기 때문이다. 다행히도 그 질문의 답은 내가 무심결에 보내온 시간 속에 있었다. 그 때문이 아닌 그 덕분에 나는 내 앞길을 나아갈 수 있는 힘을 얻을 수 있었다.

5장

누가 몰라주어도 된다,
내가 아니까

쉽지 않다. 이 말이 가장 적절하다. 더할 말도 없고 뺄 말도 없다. 청소일이라고 내가 만만하게 봤었나? 혼자서 되묻는 시간이 반복된다. 청소를 가르쳐주신 선배 사장님이 말씀하셨다. 유튜브, 블로그에서 보이는 월 500만 원, 월 1,000만 원 수익이라는 자극적인 카피 덕에 젊은 사람들의 문의가 많아졌다고. 그런데 제대로 이어가는 사람들은 얼마 안 된다고. 연락이 두절되거나 중간에 도망치는 사람들이 참 많다고 했다. 어쩐지 처음 청소일을 배우고 싶다고 했을 때 많은 사장님들의 반응이 무덤덤했다. 냉랭하다고 표현하는 것이 맞겠다. 처음엔 내가 무엇을 잘못 말했나 싶었다. 나중에 들으니 뜨내기들처럼 시작만 하면 잘될 줄 알고 덤벼드는 젊은이들 중 한 사람으로 생각하셨단다.

어쨌든 기존에 운영하던 가게 2개 중 하나는 폐업시키고 하나는 다른 사장님께 양도한 지 채 두 달도 되지 않았다. 고작 두 달이지만 2년은 백수 생활을 한 것만 같았다. 매일매일이 가시방

석에 앉아있는 것 같았다. 그도 그럴 것이 통장에 입금되던 매출액이 뚝 끊기니 하루하루가 고역이었다. 월급이야 한 달에 한 번씩 들어오기에 무입금을 체감할 수 있는 기회가 한 달에 한 번이었지만 자영업은 조금 다르다. 매일매일 엊그제 매출이 따박따박 통장에 입금된다. 금액이 많든 적든 매일 아침이면 입금 내역을 확인하던 버릇이 남아 있었다. 그래서 가게를 처분했을 때가 퇴사했을 때보다 30배는 더 힘들었다.

처음 청소일을 배우면서 사장님들께 듣고 인터넷으로 검색한 정보들에 기반해 정한 나만의 시간당 단가는 미끄러지듯 내려가고 있었다. 자신감이 떨어지면 단가도 떨어지게 된다. 고객이 나를 찾지 않는 것이 단가 때문이라고 생각하게 되기 때문이다. 사실은 그것도 거짓말이다. 장사를 해본 사람은 다 안다. 가격을 내리는 것만큼 이 상황을 손쉽게 해결한 척할 수 있는 것은 없으니까. 내 고민을 알아챈 듯 아내는 어느 날 점심을 먹다가 한마디 툭 던졌다.

"걱정하지 마. 오늘 우리가 해야 할 일만 하면 되는 거야."

손에 끼고 살았던 책도 지겨워졌다. 지겹다기보다 무기력에 두 손을 들었다고 표현하는 것이 맞겠다. 번번이 거절당하고 타이밍이 늦어지다 보니 처음 생각했던 목표를 달성하기 힘들겠다고 느꼈다. 조급해지고, 조급해지면 안 된다는 것을 알면서도 또 조급해진다. 그때 뼈를 때리는 아내의 한마디가 막혔던 숨을 뚫어주었다. 속으로만 끙끙거려서는 생각하지 못했을 이야기다. 그래, 오늘 내가 할 일만 해보자. 그리고는 기다리는 거다.

좋은 낚시꾼은 끊임없이 움직이는 사람이 아니라 잘 기다릴 줄 아는 사람이라는 것을 되뇌면서.

마음의 창문

원룸 건물 청소건 사무실 청소건 가장 먼저 하는 일은 창문을 여는 것이다. 환기라고 하는, 묵은 공기를 밖으로 빼내려고 하는 일이다. 그런데 요즘엔 공기청정기를 작동시키는 실내의 공기가 좋은지 바깥의 매연 공기가 좋은지 헷갈릴 때가 있다. 하지만 그래도 하룻밤 갈 곳 없이 갇혀 지낸 공기의 눅눅함은 없애주는 게 좋다.

창문을 연다고 자연스레 실내 공기가 밖으로 빠지진 않는다. 바깥 공기가 들어와야 실내 공기가 어쩔 수 없이 밀려 나간다. 차를 타고 고속도로를 주행하다 보면 옆 차선에서 버스나 트럭이 앞으로 지나갈 때가 있다. 그때 추월하는 버스와 트럭이 일으킨 바람 때문에 내가 타고 있는 차가 휘청거린다. 특히 내가 타고 다니는 경차는 버스나 트럭처럼 큰 차가 나를 추월해 갈 때면 차체가 무서울 정도로 흔들린다. 의식적으로 핸들을 꽉 잡을 수밖에 없다.

원래 그 자리에 있던 공기가 버스와 트럭에 밀려 나와서 그렇다. 한 공간에 두 개의 물질이 존재할 수 없으니까. 무거운 물질이 자리를 비집고 들어가면 자리를 지키고 있던 가벼운 물질은 자연스럽게 밀려난다. 같은 물질이건 다른 물질이건 상관없다. 질량이 높은 물질이 새로운 자리의 주인이 된다.

마음이 참 답답했다. 강릉 바닷가로 도망쳐서 바라본 수없이 흩어지던 파도도 답답한 마음까지 흐트러뜨릴 수는 없었다. 오랜 친구들과 와자지껄한 술자리를 가지면 답답함이 풀어지는 것 같았지만 돌아오는 기차에서는 또 먹먹해졌다. 일시적이었다. 추월하는 큰 차들 때문에 흔들리던 작은 경차처럼 내 마음도 계속 흔들렸다.

'답답하고 먹먹할 때는 질량이 높은 것을 넣어야겠구나.'

아마 그때였을 것이다. 내 안에 높은 질량의 것들을 집어넣어야겠다고 다짐했던 것이. 그래서 나에게 던질 수 있는 질문을 공부하기 시작했다. 나에게 있어서 질량이 높은 것들이란 내가 생각의 시간을 통해 단단하게 굳힐 수 있는 것들이었다. 이를테면 주체성, 자유, 비전과 같은 것들이었다.

- **나만의 일을 하고 싶다. 내가 고민하고 결정해서 기쁨이든 좌절이든 내 감정의 대주주로 활약하고 싶다. 다른 사람에게 공**

을 빼앗기거나 회사 덕이라는 이야기는 듣고 싶지 않다.

· 자유롭게 살고 싶다. 시간적으로도 공간적으로도 자유롭게 내 일을 하고 싶다. 종국에는 경제 상황으로부터도 자유롭고 싶다.

· 좋은 아빠가 되고 싶다. 어릴 적 내가 말했던, 가정에서 존경받고 사회에서 인정받는 그런 좋은 아빠.

그렇게 마음의 창문을 열어두니 높은 질량의 것들이 마음속으로 들어오기 시작했다. 원래 내 마음속에 있던 가벼운 생각들과 곰팡이 냄새 나는 공기들이 조금씩 밖으로 빠져나가기 시작했다. 다행이다. 새로이 마음에 꼭꼭 눌러 담은 만큼 오랫동안 내 마음을 지켜주었으면 좋겠다고 생각한다. 물론 시간이 지나 더 높은 질량의 생각들이 틈을 비집고 들어올 수는 있겠지만.

티끌 하나, 두 걸음, 또 한 번의 허리 굽힘

청소일을 하다 보면 이런 일이 많다. 저기 눈에 보이는 곳에 작은 티끌 하나가 보인다. 충분히 못 보고 지나칠 수 있었는데 하필 그때 내 눈에 보인다. 분명 청소를 마친 구역인데도 말이다. 아마도 못 보고 지나쳤거나 혹은 쓰레받기에서 떨어졌거나 둘 중 하나일 것이다. 하지만 이내 정신을 차리고 찰나의 시간 동안 고민한다.

'가서 주울까?'
'다른 사람들도 저걸 신경 쓸까?'
'그냥 지나쳐도 되지 않을까?'

내가 손해 보는 건 기껏해야 두 걸음과 한 번의 허리 굽힘이다. 그런데 그 잠깐 동안 그것을 하지 않으려 머릿속에서는 온갖 변명거리를 만들기 시작한다. 청소일을 하면서 다행히도 이런 찰나의 고민에서 나의 편안함이 항상 패배했다. 이런 갈등에서의 패배는 언제나 환영이다.

청소 시장은 레드 오션 중에서도 레드 오션이다. 진입 장벽이 낮기 때문에 누구든지 마음만 먹으면 진입할 수 있다. 그러니 경쟁이 치열할 수밖에. 경쟁이 치열해진다는 것은 가만히 있어서는 차별성이 없다는 말이 된다. 안타까운 말이지만 자신감이 떨어지고 자존감이 약해질수록 경쟁자와의 대결에서 패배할 가능성이 높아진다. 그렇게 패배를 거듭하다 보면 자신에게 마지막으로 남은 무기는 가격이라는 생각에 빠져 할인이라는 악수를 두게 되는 것이다.

비즈니스 세계에 '롱테일 법칙'이라는 용어가 있다. 80%의 디테일이 20%의 코어 밸류를 뛰어넘는다는 말이다. 실제로 대형 서점에서 베스트셀러 몇 권의 매출액보다 한두 권씩 판매되는 나머지 책들의 매출이 더 크다고 한다. 청소 시장에 뛰어들어 직접 몸으로 경험하다 보니 작은 수고 하나를 아끼려다 큰 손해를 입는 경우를 많이도 봤다. 이러한 경우의 수혜자는 바로 나였다. 대부분의 고객들이 기존 업체의 디테일에 실망을 하고 나에게 청소 일을 의뢰했기 때문이다.

작은 틈은 망치가 아니라 송곳으로 벌어진다. 고객이 느끼는 상대적 가치의 우수성은 20%의 코어 밸류보다 80%의 디테일에 달려있음을 땀으로 깨닫고 있다. 티끌 하나, 두 걸음, 한 번의 허리 굽힘이 다른 사장님들과 나의 차별점이 되는 것이다.

경쟁자들의 피가 낭자한 레드 오션일수록 틈을 찾아야 한다.
모두의 손에 있는 망치를 들지 말고 송곳을 들자.

지우기로 마음먹었으니

청소일을 하다 보면 버거울 때가 있다. 한두 개로 시작한 하루의 청소 스케줄이 네 개 이상으로 늘어나면서 혼자서 쳐내기 힘들어지는 때다. 컨디션이 안 좋을 때면 하루가 여간 힘든 것이 아니다. 그때부터 간간이 아르바이트 플랫폼을 이용해 청소일을 도와줄 분을 찾곤 한다.

청소일을 도와주러 온 분들에게는 보통 배낭형 청소기를 메고 먼지를 빨아들이는 일과 대걸레로 바닥을 닦는 작업을 부탁드린다. 그리고 쓰레기 배출과 화장실 청소, 창틀 혹은 사무실 집기 청소는 내가 하는 식이다. 몇 번 함께 청소일을 하다 보니 이것이 일을 도와주시는 분의 입장과 도움받는 내 입장에서 가장 합리적인 업무 분담 형태로 자리 잡았다.

집 청소가 아닌 청소일을 처음 하는 분들 중 열에 아홉은 대걸레에 전용 세제를 흥건히 적셔서 청소한다. 대걸레가 지나가면서 바닥에 물기가 묻어 바닥 색이 낮은 채도로 변하는 곳은 청소가 완료된 것이라고 믿는 식이다. 사실 나도 여러 번의 시행착오로 배우게 된 것이지만, 바닥에 물이 묻었다고 해서 청소가 끝난 것이 아니다. 바닥에 물이 묻는 순간 지워야 할 오염 자국들도 잘 보이지 않게 되기 때문이다. 비 오는 날 저 멀리의 풍경이 흐릿해진다고 멀리 있는 풍경이 사라지지 않는 것처럼.

사실 나도 어릴 적 기억을 더듬어보면 그런 방식으로 청소해왔다. 청소 당번으로 교실이나 화장실 청소를 할 때면 물기 묻은 바닥은 청소 완료의 증거물이었다. 물로 코팅된 바닥은 형광등이건 햇볕이건 빛을 반사시켜 반짝거리는 효과까지 보여주었다. 그걸로 그날의 청소는 끝이 났다. 정작 지워야 하는 바닥 자국들은 물기로 인해서 가려진 채로.

어쩌면 나도 그렇게 그럴듯한 흔적을 남기기 위해 일해오지 않았나 반문해 본다. 전통시장에서 카페를 운영하면서 청년 상인이라는 보기 좋은 명찰을 찾아 달았다. 오랫동안 막연히 해보고 싶어서 창업한 수제 맥주 펍은 도시 재생과 로컬 콘텐츠라는 그럴듯한 포장지로 둘러쌌다. 청년 상인 혹은 청년 사업가라면 상인과 사업가의 본질에 충실했어야 했지만 나는 그러지 못했다. 청년이라는, 선한 영향력이라는 허울을 쓰고 이윤을 창출하거나 내 활동의 근간이 되는 기초 경제활동에 소홀했다.

지금도 지역과 내 이름을 포털 사이트에서 검색하면 여러 신문 기사와 방송국 인터뷰가 나온다. 생각을 정리하면서 문득 검색해 보니 허영심이 가득한 말들만 내뱉었던 내 모습이 보인다. 부끄럽다. 그다지 결과물도 없으면서 몇 개의 마일스톤을 부풀려 랜드마크라도 된 것처럼 떠벌리고 있다. 영상을 끄고 기사에는 뒤로 가기를 누른다. 그냥 물만 묻혀서 일시적인 바닥 코팅을 하고 "여기 반짝거리죠?"라며 서둘러 집에 갈 준비를 하는 어린 내가 다시 떠오른다.

　제대로 청소를 마무리하려면 대걸레를 적시는 세제 양이 조금 부족한 정도가 좋다. 물기의 용도는 바닥을 코팅하는 것도 있겠지만 진공청소기로 미처 빨아들이지 못한 먼지들을 걸레에 잘 흡착되게 만들고 다시 떨어나가지 않게 하는 용도다. 충분히 적셔지지 않은 걸레는 마찰력이 높아 걸레질에 힘이 많이 들어가지만 그만큼 청소 효과는 높아진다. 반면에 축축한 걸레는 미끄러지듯 바닥을 훔칠 수 있지만 제대로 오염이 지워졌는지 알기 힘들다. 물기가 다 마른 후에야 오염이 지워지지 않고 그 자리에 남아있다는 것을 알게 된다. 운이 좋다면 오염이 없을 수 있겠지만 청소 일이라는 것이 디테일에서 실력이 좌우되는 영역이다.

　내 인생에 얼마나 지독한 물 코팅이 되었는지 모르겠다. 그것이 다 마르기까지 꽤 시간이 걸렸던 것 같다. 아직 많은 사람들이 반짝이게 코팅된 내 과거의 커리어에 공감해 주신다. 감사할 따름이다. 하지만 코팅은 코팅일 뿐이다. 물기가 모두 마르고 나니 내 오점과 약점들이 낱낱이 드러났으니.

　하다 보니 그렇게 되었을 것이다. 예전부터 이어온 관성에 내가 반하는 저항력을 갖추지 못했다. 군이 따지자면 내 책임이 크겠지만 그렇다고 나를 탓하지는 않기로 했다. 그나마 물기가 날아가 마른 바닥에 다시 오점이 보일까 맹물을 덧칠하는 것이 아니라 오래된 자국들을 지워내기로 마음먹었으니 그걸로 되었다.

　지우기로 마음먹었으니 지워질 것이다.

"화장실 청소하면서 여성용품을 치울 때면 아주 냄새가 지독해요."

부부가 함께 청소일을 하시는 도 사장님과 함께 다닐 때다. 자녀들을 출가시키고 건강이 안 좋아지셔서 조금 일찍 은퇴하셨다고 했다. 돈벌이를 찾던 와중에 친구가 청소일을 권하였고 그것을 시작으로 지금까지 2년 가까이 하고 계신다고 했다. 수입도 상당했다. 두 분이서 새벽 5시에 일과를 시작하여 늦은 오후까지 일하시다 보니 웬만한 대박집의 수익과 비슷했다.

하지만 그것이 다가 아니라는 것을 금방 눈치챌 수 있었다. 사장님은 유난히 청소일을 억지로 하는 듯한 푸념을 자주 늘어놓으셨다. 자신의 노하우와 과거 이야기를 할 때는 자랑스러운 표정으로 어깨가 들썩거렸지만 이내 '어쩔 수 없이 힘든' 청소일 이야기로 주제가 돌아왔다.

"도급을 준다고 하면 받지 마세요. 무조건 손해예요."

"나만 잘 따라오면 송 사장한테도 좋은 일이 생길 거예요."

며칠이 지나고 도 사장님이 경기도 이천에 있는 한 현장을 맡아서 해볼 생각이 있느냐고 제안해 주셨다. 많은 고민 끝에 거절했다. 만약에 그 현장을 맡았다면 나의 첫 번째 거래처가 되었을 것이다. 하지만 그러지 않았다. 가장 큰 이유는 내가 처음 청소일을 시작하면서 다짐했던 것들 중 하나가 내가 있는 지역에서 꾸준히 청소일을 하는 것이었기 때문이었다. 물론 환경의 변화에 따라 기회 또한 달라지는 법이지만 조급한 마음에 거래처를 만들기 위해 다른 지역 청소일까지 욕심낼 필요는 없다고 결론지었다. 만약에 이천까지 가서 청소일을 시작했다면 아마도 지금쯤 '어쩔 수 없이 힘든' 청소일에 대해 다른 누군가에게 푸념하고 있지 않았을까.

노동의 태도에도 관성이 있다. '이 회사만 아니면', '이 환경만 아니라면' 하는 이야기들은 말 그대로 핑계일 뿐이다. 나쁜 관성은 환경과 관계없이 지속된다. 관성은 작은 것에서부터 시작된다. 작은 행동 하나, 또는 생각과 말투로부터 시작되기도 한다. 때문에 하나의 청소 현장을 마무리할 때면 사용한 손걸레나 걸레자루를 정리함에 차곡히 내려두기로 스스로 약속했다. 얼른 내려두고 싶어 안달이 나서 짐짝처럼 휙휙 내던지지 않으려 의식적으로 노력한다. 그리고 혼잣말이라도 '힘들다'라거나 '짜증 난다'

같은 부정적인 말을 하지 않으려 애쓴다. 말로 뱉는 순간 내 의식이 부정적인 방향으로 흐르기 때문이다.

'○○ 탓에 억지로 청소한다'라는 티끌 같은 마음의 흠집이 티끌 같은 작은 행동으로 나타난다. 티끌이 모여서 운동이 되고 관성이 된다. 나쁜 관성을 가질까 전전긍긍하는 것은 좋은 관성이다. 좋은 관성을 위해서라면 조금은 돌아가도 괜찮지 않을까.

내가 결국 원하는 것은 좋은 인생이니까.

사람들은 종종 청소라는 단어 대신에 '쓸고 닦다'라는 말을 쓴다. 사무실이나 넓은 공간을 청소할 때에는 진공청소기로 애벌 청소를 하면 되지만 항상 그러는 것은 아니다. 사람들이 거주하는 빌라 건물 청소의 경우 좁은 작업 반경 때문에 청소기보다 빗자루질을 먼저 하는 것이 좋다. 그리고 혹시나 야간에 일하고 낮에 잠을 청하는 입주민이 있다면 진공청소기의 소음도 문제가 될 것이다.

"그렇게 빗자루질 하면 안 돼요."

청소일을 처음 배울 때다. 박 사장님이 내가 청소하는 것을 지켜보시더니 냉큼 오셔서 빗자루를 달라고 하셨다. 쭈뼛해져서 내가 또 실수한 것이 있는지 생각하며 바짝 긴장해 얼어붙었다. 빗자루를 건네받은 사장님은 빠른 손놀림으로 쓱쓱 계단을 쓸어 내려가셨다.

"너무 힘주지 마세요. 슬쩍 쓸어도 대부분의 먼지들은 쓸려요. 남은 먼지나 찌꺼기들은 뒤에 대걸레로 훔치면서 닦으면 돼요."

그제야 눈에 들어온 빗자루의 대가리는 내가 힘을 주어 쓸어낸 방향으로 쏠려있었다. 여태까지 최대한 빗자루질로 모든 먼지를 쓸어버리겠다는 심정으로 꾹꾹 눌러가며 청소하고 있던 것이다. 팔은 물론이고 온몸에 힘이 들어가 굳어있었다. 한쪽으로 휘어진 대가리를 하고서 빗자루가 나에게 말을 거는 것 같았다.

"거봐 인마, 이제 알겠냐?"

한쪽으로 휘어진 빗자루 대가리가 마치 한쪽으로 올라간 입꼬리처럼 보였다. 실제로 빗자루가 나를 비웃는 것이 아니라 내 안의 본심이 내 모습에 손가락질하고 있다고 느꼈다. 빗자루로 먼지를 쓸어 담는 단계는 이것으로 청소를 끝내는 것을 목적으로 하지 않는다. 빗자루가 '쓸고'의 영역을 담당하고 걸레가 '닦는' 영역을 담당하면 된다. 쓸기만 해서는 안 되고 그렇다고 닦기만 해서도 안 된다. 쓸기로 끝내려 해서도 안 되고 닦기만으로 청소를 끝낼 수도 없다. 각자의 영역에서 다음 단계를 믿거나 이전 단계에 신뢰를 보내야 한다. 꼭 이 단계에서 끝을 내거나 과거의 책임으로 지금을 변명할 필요가 없다.

지난 시간을 돌이켜보면 나는 그것을 참 못했다. 무조건 내가 시작해서 내가 끝내야 속이 풀렸다. 그릇이 그것밖에 안 되었다. 카페와 맥주 펍을 운영할 때도 아내의 몇 가지 조언을 무시했다. 제대로 와보지도 않고 참견만 한다고 말이다. 협동조합에서도 마찬가지였다. 혼자서 고민해서는 어떠냐고 들이밀고, 그러다 조합원들이 미적지근한 태도를 보이면 나 혼자 일하냐고 버럭 화를 냈었다. 남 탓을 먼저 떠올리는 이기적인 리더였다. 전 단계도 나, 지금 단계도 나, 다음 단계도 나였다. 어느 단계건 의심하고 불안해했다. 그러니 고장 난 차처럼 퍼질 수밖에.

나는 어디에 필요한 힘을 쏟아야 할까, 반문해본다. 다음 단계를 믿으려면 어떻게 해야 할까? 아니면 내가 나라는 사람을 믿으려면 어디서부터 시작해야 할까? 다음은 항상 있기 마련이다. 지금 모든 힘을 뺄 필요가 없다. 최선을 다하는 것은 좋지만 나라는 좁은 그릇에 가두지는 말기로 다짐해본다.

일의 축복

군대 전역을 앞두고 진로에 대한 고민이 많았다. 세상 물정에 어두워 현재에만 충실하려 했던 탓에 장교 전형 취업도 만만치 않았다. 그러다 문득 부모님에게 딱 1년만 내가 하고 싶은 일을 하겠다고 선언했다. 부모님은 대학원 진학이나 해외 유학을 제안하셨지만 그것보다 학창 시절 내가 가슴 떨리던 일을 한번 제대로 해보고 싶었다. 그래서 선택한 것이 방송국 PD였다. 어릴 적 아버지가 심심찮게 추천하셨던 언론인에서 약간의 변주를 가했다고 자평했다. 전역하면서 받은 퇴직금을 털어 MBC 방송아카데미에 들어갔다. 공중파 공채를 준비할 수 있었지만 1년 준비로는 불가능한 영역이었다. 최대한 빠르게 현장에 투입될 수 있는 길이 아카데미를 통한 진로였다.

방송 아카데미 PD 반에서 나는 초짜 중의 초짜였다. 다들 기본적으로 방송 관련 전공자이거나 대학 방송국 출신이었던 것은 물론이고, 프로덕션 업체에서 작업한 경력자도 있었다. 반면에 나는 3일 전에 전역한 까까머리의 시커먼 촌놈이었다. 내가 믿고 있던 것은 오직 절박함이었다. 동기들에 비하면 백지 수준이었기 때문에 무엇이든지 흡수해야만 했고, 그것에 모든 것을 쏟을 수 있었다. 이왕 흡수할 것이라면 좋은 지식들과 경험들만 흡수하자고 다짐했다. 타임라인상으로 뒤처진 나로서는 그 방법이 시행착오를 줄일 수 있는 길이라고 믿었다.

그때도 닥치는 대로 읽고 배웠다. 교육과정에는 대략 5~6분의 강사님이 계셨는데 모두 업계 전현직의 내로라하시는 분들이었다. 그분들이 수업 중에 흘리듯 이야기하신 책들을 수업이 끝나자마자 서점으로 달려가 사서 읽었다. 동기들이 밤새도록 업계 선배들과 술잔을 기울일 때 나는 읽고 또 생각하기를 멈추지 않았다. 그런 내 모습을 한 선생님이 좋게 봐주셨다. 처음엔 자신이 추천한 책들을 쌓아놓고 읽고 있는 시커먼 놈이 궁금하셨을 것이다. 시니컬한 태도와 말투 때문에 동기들은 썩 좋은 평가를 내리지 않는 선생님이었다. 선생님이 문득 수업 시간에 질문을 던지셨다.

"너희는 왜 방송일이 하고 싶니?"

몇몇은 벌써 표정이 일그러진다. 또 무슨 잔소리를 하려고 말을 꺼내나 생각했을 것이다. 다른 몇몇은 히죽 웃으며 답한다.

"방송일이 좋아서요."

"해보니까 재밌더라고요."

선생님은 시크하게 검은 안경을 한 번 매만지시더니 어이가 없다는 표정으로 말씀하셨다.

"일이 재밌을 것 같니?"

일을 재밌게 하고 싶다는 막연한 생각에 처음으로 제동이 걸린 순간이었다. 이후 짧은 기간이었지만 MBC 예능국에서 계약직 PD로 몇 개월 동안 일하면서 방송일이 괴롭다고 생각한 적은 없었다. 적성에 맞았다기보다 기간이 너무 짧아서였을지도 모르겠다. 하지만 하나씩 배워가는 재미도 있었고, 무뚝뚝한 선배 PD가 간헐적으로 해주는 칭찬 한마디에 힘든 줄도 모르고 밤을 꼬박 새우기도 했다.

시간이 지나 선생님의 말을 곱씹어봤다. 아무리 좋아했던 일이라도 돈과 결부되면 그 의미와 무게가 달라진다는 뜻이었다. 이 월급이 꼭 필요한 경제 상황이라면, 혹은 내 마음이 자꾸만 결핍의 방향으로만 흐른다면 나라는 존재는 더욱 가벼워지기 마련이니까. 돈이라는 무거운 추가 짓누르고 있는 시소 반대쪽에서 어쩔 줄 몰라 발을 허우적거릴 수밖에 없으니까. 좋아하는 일만으로 돈을 벌 수 있다면 그만한 인생이 어딨겠는가. 나는 그것을 일의 축복이라 부르기로 했다.

언젠가는 나도 반드시 내가 좋아하는 일을 하면서 살고 싶다. 그 전제조건으로 쉽게 흔들리지 않는 단단한 생각의 기반이 필요하다는 것을 잘 알게 되었다. 내 행적을 더듬어보니 삽질에도 돈이 있어야 했다. 통장 잔고를 늘리거나 씀씀이를 줄이거나. 아니면 과거의 기회비용은 무시하고 완전히 새롭게 태어나거나. 그건 좀 힘들겠다.

하고 싶은 일을 하기 위해서는 하기 싫은 일도 해야 할 때가 있다. 청소일은 하고 싶은 일은 아니었지만 그렇다고 죽을 만큼 하기 싫은 일도 아니었다. 평소 비위가 약한 나도 그럭저럭 참아가며 할 수 있었다. 그래서 냉큼 발을 들이밀었다. 청소일을 할수록 좋은 점들이 계속 발견된다. 사람들과 마주치지도 않고, 이어폰 볼륨을 높이면 내 주변이 책을 낭독하는 조용한 책방이 된다. 세계적인 교수님의 멋진 강연이 진행되는 대학 강의실이 되기도 한다. 언젠가 반드시 좋아하는 일을 하고 싶어 하면서도 지금에 발버둥 치지 않는 이유다.

언젠가 진짜 내가 하고 싶은 일을 하는 나를 상상하며 오늘도 빈 사무실 문을 연다.

아무나가 아니니까

　매일 청소일로 방문하는 치과 병원이 있다. 처음에는 병원 전체 청소와 진료용 도구를 소독하는 일을 함께했었다. 하루 두 번, 진료 전과 진료 후에 현장에 들어가서 청소일을 했다. 지금은 일과 중에 방문해서 도구를 세척하고 소독하는 일만 하고 있다.

　일주일에 한 번 혹은 전달 사항이 있을 때 종종 담당자와 이야기를 나눈다. 과거의 청소업체 또는 일하시던 여사님들보다 편해서 만족도가 높다고 한다. 그래서 청소일에 대한 이야기를 나누더라도 단순히 지시와 수용이 아닌 현재 문제점과 해결 방법에 대해서 서로 의견을 나누는 방식이다. 나 또한 이렇게 마음을 터놓고 의견을 나누는 시간이 좋다.

　"시급이 저보다 비싸시네요?"

　하루는 이야기를 나누다가 내가 하루 일당을 말해버렸다. 이 정도 받고 있는데 이렇게 해서 이런 단가로 책정했고 원장님이 오케이를 하셨다고 말이다. 담당자는 내심 놀란 눈치다. 아마도 속으로는 '청소하는 사람이 이렇게 많이 받는다고?'라는 생각이 겠지.

얼마 전에 청소 창업을 해보고 싶다고 연락을 주신 분이 있었다. 유튜브와 블로그 등으로 청소 창업을 접했지만 편집되지 않은 실제 현장은 어떤지, 평소에 궁금했던 것들을 해소하고 싶었는데 마침 내가 같은 지역이라 실례를 무릅쓰고 연락주셨다고 했다. 언제든지 보러 오셔도 된다고 말씀드리고는 다양한 현장이 있는 날에 약속을 잡고 동행하기로 했다.

그날은 진수 씨와 일을 하는 날이었다. 현장과 현장 간 이동 중에 그 사장님이 조심스럽게 질문을 주셨다. 진수 씨는 시급 얼마를 받으시냐고. 처음 계약한 시급과는 조금 다르지만 현재 근무 시간으로 계산하자면 이 정도라고 말씀드렸다. 눈이 동그래진다. 왜 그러시냐고 물어보니 생각보다 많아서 놀랐단다. 생각하고 계시던 시급이 얼마냐고 재차 물어보니 최저시급보다 조금 많은 수준이었다.

청소 창업 전 내가 가지고 있던 선입견 속 청소 노동자의 모습은 뽀글뽀글한 파마머리의 중년 여성이었다. 아르바이트 플랫폼이나 지역 일간지의 구인 광고를 봐도 최저시급에 맞춘 급여조건이 심심찮게 보였다. 게다가 내가 남자라는 이유로 거절당한 청소일이 꽤 많았다. 다들 그런 것이다. 청소는 아무나 할 수 있는 일이기에 최저시급으로 사람을 써도 리스크가 별로 없다는 생각이다. 마치 저렴한 부품 하나 바꾸는 것처럼.

아마 치과 병원 담당자도 그런 생각을 가지고 있었으리라. 이전의 여사님이나 청소업체의 단가를 일일이 파악하고 있지는 않겠지만 최저시급 조금 넘는 금액으로 책정하고 있었을 것이다. 하지만 그것은 아무나의 영역이다. 아무나의 가치이고.

나는 몸을 쓰는 노동자에게 지금보다 더 많은 급여가 지급되어야 한다고 생각해왔다. 지금 내가 청소일을 해서 그런 것이 아니라 예전부터 블루 컬러들에게 더 많은 경제적 이익이 보장되어야 보다 건강한 사회가 된다고 믿었다.

"배우지 못하면 추울 때 추운 곳에서, 더울 때 더운 곳에서 일해야 한다."

어른들로부터 이런 이야기를 주워들으며 자랐다. 육체노동을 하찮게 여기는 말이다. 과거 고등학교 시절 현장에서 일하는 직업을 장래 희망으로 적어놓은 친구는 없었던 것으로 기억한다. 청소부라는 직업을 적은 친구는 단 한 명도 없었을 것이라고 확신한다. 겨울의 한기와 여름의 열기를 모두 느끼며 일하는 육체

노동자들은 '배우지 못한 사람들'이라는 선입견이 모두에게 있었던 것이다. 나조차도 그것을 털어버리기까지 20년이나 걸렸다.

하지만 내 경험상 사무직으로 입사해도 한겨울의 한기와 한여름의 열기를 완전히 벗어날 수는 없었다. 정장 차림으로 출근했는데 재킷만 벗고서 창고에 들어가 무거운 짐들을 정리해야 했다. 시장조사랍시고 구두를 신고 비 온 후의 논두렁을 질퍽거리며 뛰어다니기도 했다. 그럴 때면 어릴 때 배운 공식이 어딘가 잘못된 것 같았다. 아니면 내가 으리으리한 대기업 빌딩 안에서 일하지 않아서 그랬는지 모르겠지만.

어쨌든 오롯이 현장에서 청소일을 하면서 시간을 꽉꽉 채워가며 진짜 노동을 하고 있다는 자부심이 생겼다. 사무실에 앉아 오전 9시부터 오후 6시까지 일거리를 불리고 불려서 시간에 맞추는 가짜 노동은 하지 않으니 죄책감이 없다. 추운 겨울에는 꽁꽁 언 걸레를 세제로 녹여가며, 더운 여름에는 뚝뚝 떨어지는 땀으로 티셔츠의 채도가 바뀔 때까지 일한다. 한 시간이면 한 시간, 두 시간이면 두 시간, 끝날 때까지 많은 일을 해낸다. 그러니 떳떳할 수밖에. 아무나 할 수 있는 청소라지만 나는 아무나 하지 못하는 청소를 하고 있다.

나는 아무나가 아니니까.

나를 지키면서

"계단 청소를 부탁드리고 싶은데요."

청소일을 하면서 낯선 휴대전화 번호로 걸려온 전화는 꼭 받는 편이다. 지역번호 혹은 인터넷 전화번호 말고. 간헐적으로 오는 신규 거래 문의가 대부분 휴대전화 번호로 오기 때문이다. 그날도 그런 날이었다. 전화기 너머 젊은 남성의 목소리가 들렸다. 약간 높은 톤의 목소리였다. 이야기를 들어보니 청소일을 하시던 분이 건강상의 이유로 그만두셨다고 한다. 때문에 새로운 청소업체를 인터넷으로 찾다가 우연히 내 블로그를 보셨다고 했다. 다음 날 아침에 근처를 지나갈 일이 있어 그때 현장을 방문하여 견적을 드리기로 했다. 남자도 도착하시면 연락 달라며 흔쾌히 약속을 잡았다.

다음 날 아침, 아침 청소를 마치고 현장으로 갔다. 멀끔했다. 준공한 지 얼마 되지 않아 보이는 그런 건물이었다. 아직 1층에는 임차인을 구하는 현수막이 덕지덕지 붙어있었다. 아무래도 세워진 지 오래된 건물 혹은 오랫동안 사람의 손을 거치지 않은 건물은 막연한 두려움이 앞선다. 손을 잘못 대기 시작하면 청소 구역이 끝없이 넓어지기 때문이다. 반면에 이렇게 깔끔한 건물은 손댈 것이 별로 없다. 주 1회 청소라도 매주 유동 인구의 흔적만 잘 지워내면 그만이니까.

건물 앞에 도착해서 둘러본다. 현관의 키패드에 지문 자국이 별로 없는 것으로 보아 원룸 건물이 아니라 상가 건물로만 쓰시는 것 같다. 2~3면의 주차장은 방문 손님을 위한 공간으로 추측됐고, 1층과 2층 상가에서 사용하는 에어컨 실외기에 거미줄이 생기는 것 같았다. 어느 정도 둘러본 다음 휴대전화를 들고 통화 버튼을 눌렀다.

"안녕하세요, 사장님."

3층에서 한 남성이 나온다. 모자 달린 후드티에 반바지 차림, 슬리퍼를 신고 나오는 것으로 보니 일어난 지 얼마 되지 않았거나 지금 내가 전화해서 막 일어난 듯하다. 이런저런 이야기를 들었다. 옥상 층부터 시작해서 천천히 내려오면서 여기는 이렇게 청소해주시고 이 정도 상태로 유지해달라는 이야기. 조금 특이한 것은 청소 때마다 2층 상가 앞의 신발장까지 들어내 청소를 해달라고 하신 것이다. 현관문 앞에 있는 배너도 꼼꼼히 닦아주고 지

하실로 이어지는 계단도 닦아달라고 하셨다. 이전에 청소하시던 분도 그렇게 해주셨다고 한다. 잠깐의 공백을 가지고 그렇게 하겠다고 했다. 5분씩이면 되니까 해보자는 생각이었다. 답을 미루다가 거래처 하나를 놓치는 것보다는 낫겠지 싶었다.

그렇게 건물주와의 현장 미팅을 끝내고 다음 주부터 청소를 시작하겠노라고 마무리를 지었다. 앞으로 잘 부탁드린다며 인사를 나누었다. 새로운 거래처가 하나 생겼다며 기쁜 마음으로 하루를 보냈다.

다음 주 청소를 마치고 얼마 되지 않아 전화가 왔다. 뭔가 잘못되었다는 느낌이 번쩍 들었다. 클레임이다. 빠르게 머리를 굴려본다. 내가 무언가를 잘못한 게 있나? 아닌데. 보통 첫 현장은 눈에 익지 않은 공간이라 각별히 신경을 쓴다. 혹여나 내가 놓친 부분이 있었는지 두 번 세 번 체크하는 것이 습관화되었다. 그래서 평소에 30분이면 마무리할 규모의 현장도 처음에는 두 배가량 시간이 소요된다.

"계단 앞쪽은 안 닦아주셨네요? 다음 주부터는 닦아주세요."

이게 무슨 말이지 싶었다. 계단 앞쪽이라면 어디를 말하는 거지? 계단의 ㄱ 자 모양에서 세로 면을 말하는 건가? 발바닥으로 밟지 않는 그 계단 면?

그렇다고 한다. 그 계단 면도 손걸레로 일일이 닦아달라고 했다. 이유가 같다. 이전 사장님도 그렇게 청소해 주셨단다. 말도 안 되는 소리. 계단 앞면을 매번 닦는 청소업체 이야기는 들어본 적도 없다. 사람들이 발로 밟지도 않는 곳인 데다 상가의 홍보물도 붙어있지 않았다. 순간 하나의 생각이 머리를 스쳤다.

"사장님 혹시 건물에 CCTV가 있을까요?"
"네, 있어요."
"제가 청소하는 것을 CCTV로 돌려 보셨어요?"
"아… 네."

순간적으로 할 말을 잃었다. 그러면 그렇지. 계단 앞쪽 면은 주의 깊게 봐도 청소가 되었는지 안 되었는지 쉽게 구분할 수 없는 구역이다. 내가 어떻게 청소하는지 보고 싶어서 CCTV를 돌려봤고, 단지 처음이라서 그랬단다. 속상했다. 아니, 짜증이 폭발했다. 사무실에 CCTV를 설치해놓고 어떤 인터넷 창을 띄우는지, 메신저로 어떤 대화를 나누는지, 어떤 간식을 먹는지 감시하는 꼴이었다. 터질 것 같은 심장 박동을 억지로 눌러가며 천천히 이야기를 꺼냈다. 계단 바닥면을 닦는 것을 기본으로 하고, 계단 앞쪽 면은 추가 요금을 주시더라도 닦지 않는다. 청소하는 입장에서도 많은 시간이 소요되고, 의뢰하는 입장에서도 그만큼의 효과를 보기 힘들다는 이유로.

한참을 쓸모없는 핑퐁 게임을 하다가 계단 앞쪽 면까지 청소하고 싶으시면 다른 업체를 찾아보시라고 말씀드렸다. 건물주는 시무룩해진 목소리로 알겠으니 그냥 지금대로만 해달라는 말과 함께 통화를 종료했다. 가슴이 쿵쾅거려서 멈추지를 않았다. 정신과에서 받아온 약을 먹어야 하나 싶었다. 어떻게 CCTV로 일하는 모습을 훔쳐볼 수 있을까? 설령 영상으로 확인했다고 하더라도 계단 앞쪽을 매번 청소 때마다 닦아달라는 터무니없는 요구를 할 수 있을까? 그리고 처음이라서 영상을 확인했다고 했지만 앞으로 그러지 않을 거란 확신을 할 수 있을까? 무엇보다 내가 앞으로 그 건물을 청소하면서 좋은 마음으로 자유롭게 청소할 수 있을까? 손걸레로 창틀을 닦고 마포 밀대로 바닥을 닦으며 천장을 힐끔거리지 않을까?

곧이어 휴대전화를 다시 들었다. 아무리 생각해도 더 이상 청소 작업을 진행할 수 없겠다고 말했다. 오늘 청소한 비용은 받지 않을 테니 다른 청소업체를 알아보시라고 했다. 깜짝 놀란 듯 정말이냐고 되묻는다. 죄송하지만 누군가로부터 감시당하는 기분으로는 일하고 싶지 않다고 했다. 사실이다. 어떻게 안 되겠냐는 풀죽은 목소리에 나는 더욱 단호한 목소리로 강하게 뿌리쳤다.

그깟 거래처 하나에 쪼그라들 필요는 없다.
어차피 나를 위해 청소하는 일이니 나는 나를 지키면서 일을 할 테다.

"저는 정말 평범하게 살아와서요."

어느 날 직접 나를 만나고 싶다고 맥주 가게로 찾아온 인스타그램 친구가 있었다. 나보다 열 살은 젊은 친구다. 책과 관련된 콘텐츠로 서로 소통을 하다 마침 같은 지역에 살고 있다는 것을 알게 되었다. 직접 만나서 이야기 나누어보면 좋을 것 같다는 말에 흔쾌히 약속을 잡았다. 맥주 가게를 하는지라 대접할 것이 맥주밖에 없어 맥주 한잔을 두고 두런두런 이야기했다. 최근 영감을 얻은 책 이야기, 다른 인플루언서들의 영향력과 같은 이야기를 나누던 중에 문득 그가 자신의 고민을 털어놓았다. 그는 자기가 남들에게 내세울 만한 스토리가 없다고 아쉬워했다. 요약하자면 자신은 너무나도 평범한 가정에서 평범하게 살아와서 사람들에게 어필할 만한 스토리가 없다는 거였다. 나처럼 인생의 굴곡을 겪은 것도 아니고, 다른 사람들이 봤을 때 대단한 성과를 이룬 것도 아니라고.

"창민 님이 보시기에 제가 괜찮은 스토리가 있을까요?"

이전에 100명이 넘는 사람들과 스토리텔링에 대한 멘토링을 나누면서 단 한 사람도 자신에게 유용한 스토리가 있다고 말하는 사람을 본 적이 없었다. 모두 자신은 누구와 비교해도 평범한 삶을 살아왔기에 설득력 있는 혹은 재미있는 이야기가 없다고 했다. 이 친구도 마찬가지였다. 잠깐의 공백을 가지고 몇 가지 질문을 건네보았다. 대학교는 나오셨냐, 전공은 무엇이냐, 부모님은 어떤 일을 하시냐, 지금 계획하고 있는 일은 무엇이냐 등등.

부모님은 인쇄소를 운영하신다고 했다. 전공은 패션 분야인데 입시 당시 미술 분야에 관심이 있어 무작정 패션으로 전공을 정했다고 했다. 하지만 대학에 진학해보니 정작 패션에 재미를 붙이지 못했고, 다니던 학교를 그만두었다고 했다. 지금은 자신을 성장시키기 위해 책을 읽으며 콘텐츠를 만들어내고 있었다. 그러던 중에 나라는 사람을 만나 지금까지 오게 되었고, 그날은 부모님 인쇄소의 기계를 빌려 자신이 직접 만든 책갈피를 선물로 가지고 왔었다.

나는 반문했다. 이 세상에 인쇄소를 운영하시는 부모님이 계시고 미술에 관심 있어 패션 전공을 했다가 지금은 자기 계발과 동기부여 콘텐츠를 만드는 사람이 얼마나 있냐고 말이다. 게다가 이렇게 책갈피까지 만들어서 무료로 배포하는 사람은 또 얼마나 있냐고 말이다. 고등학교 수학 시간 때 배운 집합이라는 파트에 교집합이라는 개념이 나온다. 인간이 겪는 하나의 사건을 시간과 공간으로 묶어 하나의 집합이라 한다면 A 사건과 B 사건의 교집합은 A∩B으로 표시할 수 있다. 그렇다면 현재 자신을 존재하게 하는 사건들은 생각보다 훨씬 방대하지 않을까. 그것들을 자각하는 순간 과거의 모든 시간들이 유일한 스토리로 발현될 수 있다. A∩B∩C∩… n개의 집합으로 갈수록 겹치는 영역이 하나도 없는 오직 '나만의 영역'이 완성된다. 정말 작지만 세상에 단 하나뿐인 집합이다. 그것이 바로 '나'다.

지금 나는 청소일을 하고 있는 청소부다. 지금까지의 경력을 아무리 살펴봐도 청소와 관련한 작은 단서조차 찾기 힘들다. 지금까지 그랬다. 커리어를 연결해서 발전시킨 사례가 별로 없었다. 외국어고등학교에서 일본어를 전공하고 대학에서는 역사문화학을 전공했고, ROTC 장교로 임관해 작전장교로 복무했다. 전역 후에는 예능 PD가 되겠다고 방송 아카데미에 등록하여 운 좋게 예능 PD 생활을 경험했다. 이후에는 전기 제품 업체의 영업기획을 하다가 강원도로 자리를 옮겨 식품 제조 업체의 경영기획 팀장이 되었다. 퇴사하고 카페와 수제 맥주 전문 펍을 운영하다가 스토리텔링 멘토가 되었고, 지금은 청소일을 하고 있다. 어떤가? 20여 년의 세월 동안 나의 인생과 커리어에서는 접점이 확연히 드러나지 않는다. 눈을 씻고 찾아보면 그나마 발견할 수 있는 것들은 부단함, 창의성과 같은 눈에 보이지 않는 특성들이었다.

나는 왜 엉망진창 커리어를 살고 있을까? 누구는 전공부터 지금까지 하나의 분야에 10년 이상 종사하면서 이제는 높은 위치에 올라 더 많은 연봉과 사회적 지위를 누리기도 한다. 그런 친구들을 볼 때면 나는 마치 반죽을 뚝뚝 떼어 만든 수제비처럼 커리어가 따로따로 노는 사람이란 생각이 든다. 언젠가는 나에게 무슨 문제라도 있는 걸까 심각하게 고민한 적도 있었다. 어느 날 한 대표님이 아래와 같은 말을 던진 적이 있다.

"가만히 보면 사장님은 안정된 것을 싫어하시는 것 같다는 느낌이 드는데 맞나요?"

정곡을 찌르는 질문이었다. 자영업을 시작할 때부터 연을 맺어온 대표님이라 내 스토리를 잘 알고 계셨다. 당시 질문에 대한 답은 어물쩍 넘어갔던 것 같다. 지금 생각해보면 참 부끄럽다. 남이 보기에는 이상해 보이는 것들이 나에게는 보이지 않았으니까. 안정적이고 불안정적인 것을 떠나서 모든 시간의 총합체가 바로 '나'라는 사실을 깨닫지 못했으니까. 그래서 내가 왜 힘들어 하는지에 대한 질문조차 아까워하고 숨기려 했으니까.

사람은 나이를 먹으면서 마음에 기둥이 세워진다고 한다. 커다란 하나의 기둥이 튼튼하게 세워져 굳건한 신념으로 인생의 버팀목이 되는 사람들이 있다. 반면에 나는 적당한 굵기의 기둥들을 여러 개 세우고 있다. 그 기둥 위에 나라는 존재가 자리한다. 그 기둥을 자존감이라고 할 수도 있고 자긍심이라고도 부를 수 있다. 기둥은 다른 사람이 대신 세워줄 수 없다. 커다란 하나의 기둥이든, 여러 개의 얇은 기둥이든, 오직 자신만이 알아차리고 스스로 세워나가야 한다. 인생의 숙제라고나 할까. 마흔 즈음이면 자신의 기둥을 살펴볼 때다. 다만 늦었다고 포기하면 안 된다.

평생을 기둥 하나 없이 살아가는 사람도 터무니없이 많으니까.

나만의 오솔길처럼

인터넷 서핑을 하다 보면 간간이 눈길을 끄는 기사가 있다. 대한민국 직장인 평균 연봉 또는 중위층 평균 재산과 같은 것들이다. 기사에 따르면 2022년 직장인 평균 연봉은 약 4,200만 원대라고 한다. 월급으로 계산하면 약 350만 원 정도 되는 수준이다. 다만 평균 연봉이라는 것은 상위 1%의 고액 연봉을 받는 직장인들의 데이터도 포함한 금액이니까 실질적인 '중간'을 알려면 '중위소득'이라는 데이터를 살펴봐야 한다. 중위소득이라는 말은 우리나라의 연봉 1등부터 100등을 줄 세웠을 때 딱 50등의 소득을 말한다. 이 중위소득은 2022년 기준 약 3,150만 원 정도. 월급으로 환산하면 260만 원꼴이다.

이런 데이터를 보고 어떤 생각이 들까? 경제활동을 하고 있는 나조차도 이런 데이터를 보면 자동적으로 나의 백분율을 계산하고는 한다. '나는 그나마 평균보다는 높네' 또는 '이렇게 팍팍하게 사는데 중간보다 높다고?' 같은 계산의 부산물들이 쏟아져 나온다. 정신과 약을 삼키며 청소일을 하기 시작하고서는 이러한 데이터들에 좀처럼 손이 가지 않는다. 의도적으로 회피한다는 표현이 더 맞겠다. 직장인 신분도 아닐뿐더러 괜한 비교를 하기 싫기 때문이다.

일을 도와주는 진수 씨와 청소일 사이사이 이동 시간에 함께 이런저런 이야기를 하다 돈 공부를 해야 하는 이유를 묻는 질문에 이렇게 답했다.

"다른 사람들을 질투하지 않기 위함이 아닐까요?"

돈에 대한 책을 읽다 보면 '돈=신뢰'라는 공통된 설명을 발견할 수 있다. 그렇다. 돈은 믿음의 증표다. 이 돈이 전 세계에서 동일한 전제하에 유통되고 있다. 그렇기에 우리가 여행을 가더라도 종이 조각과 동전 몇 개로 원하는 것을 누릴 수 있다. 그것마저 기술이 발전하면서 오직 화면의 숫자로도 대체되고 있다. 모두 돈이 믿음을 바탕으로 하기에 가능한 일이다.

돈에 대한 보편적 믿음에 더해 자기 자신만의 철저한 기준을 세워야 한다. 평균이라는 데이터에 속아서 자신의 일과 수입에 불만을 가지고 자책하면 안 된다. 자책하면 조급해지고 조급해지면 좋지 않은 선택을 하기 쉽다. 그래서 공부를 하는 거다. 돈 공부를.

돈 공부는 월급뿐만 아니라 다양한 재테크 수단을 공부하고 자신에게 맞는 방법을 찾는 과정을 말한다. 평균의 함정에서 벗어나야 한다. 주변에서 비트코인으로 500% 수익을 올렸다는 이야기가 들리면 솔깃하기 마련이다. 힘들겠지만 결국 자신의 페이스로 돌아가야 한다. 오버 페이스는 완주를 못 하게 가로막으니까. 내가 잘 모르는 영역은 포기하는 것이 맞다. 아니면 감당할 수 있는 정도만 시도해보는 거다. 누가 얼마나 빠르게 수익을 올렸는지에 혹하여 따라가다 보면 가랑이가 찢어지기 십상이니까.

단지 돈뿐만이 아니다. 모든 일에 자신만의 주관을 가져야 한다. 곁눈질할 수는 있을지라도 자신의 길을 무시하고 다른 이의 꽁무니를 따라가서는 안 된다. 한 발 한 발 내딛기도 불안한 꽁꽁 얼어붙은 길보다는 좁지만 마음이 편안한 오솔길이 나는 더 좋다. 그래야 오래 걸어갈 수 있으니까.

행복은 나만의 기준에서 피어나니까.

"형, 저 요즘 청소해요."
"어디서?"

오랜만에 연락이 닿은 선배와 근황 토크를 하다 청소일을 한다고 말했다. '어디서?'라는 말이 선배의 시간을 비추는 듯했다. 청소업체에 취직했거나 청소 직원으로 회사를 다니고 있을 거라는 뉘앙스다. 그렇지 않다면 '어디서?'라는 질문은 어색한 질문이었다.

"아, 그럼 사업자를 내고 하는 거야?"
"어떤 청소 하는 거야? 힘들지 않아?"

당연히 개인사업자로 일하고 있다. 난이도가 높은 현장은 아닌데 마음먹기 난이도가 높다고 답했다. 육체적으로도 정신적으로도 생각보다 힘들지 않다고 했다. 사실 그렇다. 무거운 것을 지거나 고난도의 기술이 필요한 것도 아니고 진상 손님도 없다. 없다기보다 거를 수 있다는 표현이 맞겠다. 그리고 그저 내 할 일만 꾸준히 하면 되는 일이니까.

그러다 업종과 업태에 대한 이야기도 나왔다. 내 사업자등록증에 적힌 업종은 서비스업, 업태는 청소대행이다. 업태의 상위 카테고리는 업종이다. 업종의 상위 카테고리는 '업'이지 않을까. 가족 혹은 지인들과 이야기를 나눌 때면 주로 업태와 관련한 이야기를 나눈다. 요즘 어떤 일이 돈을 많이 번다더라, AI 때문에 어떤 직업이 미래에 사라진다더라 등등.

눈에 보이는 것은 업태다. 그런데 업태보다 중요한 것은 업종이고, 그보다 중요한 것은 자신의 업이다. 업종은 업에서 파생한 수많은 가지 중에 하나일 것이고, 업태는 업종에서 뻗어간 것일 뿐이다.

부모님께 내가 청소일을 한다고 말씀드리기 어려워했던 것 또한 마찬가지 이유였다. 청소일이라는 업태에 집중하실 것이 뻔하니까. '어디서?'라고 묻는 선배처럼. 업종과 더 나아가 업에 수많은 장점과 의미가 녹아있음에도 불구에도 본인들이 상상하는 반쪽짜리 이미지에 뿌리를 두고 규정 짓는다. 보이는 것만 보고 이해하는 것이 편해서 그런 걸까. 선배와의 통화를 마친 뒤, 다른 사람들의 생각 말고 오직 내가 청소일로 깨달은 나라는 사람의 성향을 정리해봤다.

- 어딘가에 소속되고 싶지 않다.
- 틈새시장을 개척할 수 있는 능력이 있다.
- 노력을 배반하지 않는 정직한 일을 추구한다.
- 작더라도 성과가 즉각적으로 도출되기를 원한다.
- 수련하는 마음으로 마음을 정리할 수 있다.

정리해보자면 나라는 사람은 자유롭게 일하면서 노력을 투자한 만큼 즉각적인 성과가 보여야 하는 성질 급한 사람이다. 물론 아주 약간의 비즈니스 안목을 가지고 있다. 그렇지 않았다면 진작에 카페와 맥주 펍을 쫄딱 말아먹고 급한 생활비를 위해 직장을 다니고 있을 것이다. 이것들의 총합체가 바로 지금의 나라는 사람이었다. 내일 당장 청소일을 그만두고 다른 일을 하더라도 이런 성향들을 기준 삼아 새로운 바다를 찾아 나설 것이다.

언젠가 그런 날이 오는 것을 꿈꾼다. 내가 하는 일이 청소일이든 아니면 다른 일이든, 나라는 사람의 업에 대한 정의가 무엇이냐는 질문에 멋진 한 문장으로 답하고 싶다. 분명 상대는 갸웃하겠지만 그때 나는 통쾌한 웃음을 짓고 있겠지.

나는 오늘도 청소를 하며 그 한 줄을 찾고 있다.

6장

티끌처럼
매일매일

"네 뭐라고요? ○○요?"

청소일 이전에 무슨 일을 하셨냐는 말에 답을 하면 열에 아홉
은 이런 반응을 보인다. 예상외라는 반응이다. 그도 그럴 것이 과
거의 경력을 돌아보면 가장 긴 경력이 고작 4년이 되지 않는다.
게다가 분야도 모두 다르다. 물론 내가 보내온 시간의 바탕이 새
로운 것을 배워서 기존의 것과 섞는 것에 있지만 일반적으로 보
여지는 경력만으로는 나를 정의하기가 힘들다.

주변 사람들 중에는 한 직장에서 10년 이상 근무한 친구들이
종종 있다. 또는 대학 시절 전공을 살려 한 업종에서 이직에 이직
을 거듭하면서 살아남은 친구들이 대다수를 차지한다. 다만 나는
조금, 아니 많이 다른 삶을 살았다. 전공도 경력도 비빌 곳이 없
다. 4년이 채 못 되어서 이직하거나 업종을 바꾸었다. 오죽하면
동네 친구들도 '사직서를 막 던지는'이라는 뜻의 '사막'이라고

불렀을까. 그런데 시간이 지날수록 친구들의 이야기가 과거와는 다른 방향으로 흘러가고 있다는 것을 눈치챘다.

'배운 게 도둑질이니까.'

그나마 몇 안 되는, 서울로 KTX를 타고 가야만 소주 한잔 할 수 있는 친구들은 이제 더 이상 엉덩이를 움직이기 힘들다고 한다. 업계에서 커리어를 인정받고 마지막 점프 업으로 이직할 수 있는 나이의 마지노선이 마흔이라고 보는 것 같다. 직급으로 따지자면 과장과 차장 사이의 어딘가다. 운이 좋고 능력이 뒷받침되어 임원으로 승진한다면 모를까(사실 임원도 비정규직이라 1~2년을 버티기도 힘들다고 한다). 그나마 이 길이 내 길이라는 생각으로 열심히 달려왔을 뿐인데, 그렇게 십몇 년을 일하다 보니 어느새 제법 높은 직급인 것이다. 고액 연봉자까지는 아니지만 그럭저럭 아끼면서 살 만한 월급은 받고 있다. 다만 이제 마지노선에 가까워지고 있다는 사실이 마음에 가시처럼 걸려있다.

그 친구들의 '일의 영역'을 원으로 그려본다면 아마 안쪽으로 말려 들어가는 회오리처럼 생겼을 것이다. 뾰족하다. 경력이 깊어질수록 특유의 쿰쿰한 향과 유니크한 맛을 자랑할 수 있다. 묵은지처럼. 하지만 반대급부로 다른 영역과 어울리기는 점점 힘들어진다. 개성이 너무 강하거나 혹은 깊어진 경력만큼 굳어진 경계의 두께선—나는 이것을 고성관념이라 부른다—이 있기 때문이다.

　내 일의 영역을 마음속에 그려보면 얇은 선을 가진 원이 줏대 없이 사방팔방 찍혀있다. 정신 사나운 그림이지만 어디로든 자유롭게 이동을 할 수 있다는 장점도 있다. 매직아이처럼 보일지 모르나 나만의 중심, 코어는 분명히 있다. 이 코어에 걸치기만 하면 된다. 청소일도 마찬가지다. 사실 청소 기술을 배우기 위해 청소 장인 아래에서 몇 년 동안 수련하거나 기관과 학원 등에서 고가의 커리큘럼을 수료하지도 않았다. 조금만 발품을 팔고 노력하면 취득할 수 있는 자격증도 없다. 오직 보다 나은 내가 되려고 나에게 질문을 던지고 그런 나를 다른 사람에게 파는 방법, 그리고 잘될 것이라는 긍정 마인드로 시작했을 뿐이다. 나에게는 그것이 코어다. 코어는 코어의 역할만 하면 된다.

　이제야 삼겹살에 소주 한잔을 두고서 친구들의 이야기를 들어줄 여유가 생길 만큼의 시간이 나에게도 쌓였다. 젊을 때에는 누구의 의견이 타당한지 목소리를 높이기 급급했었는데 이제는 가만히 들어주는 사람이 오히려 더 커 보이는 어른이 되었다. 묵은지도 씻으면 다른 음식과도 잘 어울린다고 했다. 평생 달려온 시간을 때로는 흐르는 물에 씻어내야 하기도 한다. 때로는 부끄럽기도 하고 아무것도 남지 않을 것만 같은 두려움이 앞서겠지만 어쩌면 그것이 우리가 살아가야 할 인생의 전환점이 될 수 있지 않을까.

"제가 크게 바라는 건 없어요, 다만…"

클레임 전화다. 이래저래 부족한 부분들을 짚어주시면서 신경
좀 써달라고 하셨다. 죄송한 부분도 있고 억울한 부분도 있다. 사
실 억울한 부분이 더 많다. 분명히 닦았는데 자국이 남았다고 하
셨다. 밀대 걸레로 박박 닦아야 할 거라고 하시길래 쪼그려 앉아
서 직접 손으로 수세미질을 한다고 말씀드렸다. 담당자분은 못
믿는 눈치였다. 그러더니 가시 돋친 말이 전화기를 타고 넘어왔
다.

"쓰레기 비우는 거 하나만 잘하시네요."

날카로운 말에 마음에 생채기가 생겼다. 비꼬듯 툭 내뱉은 말
이겠지만 오랜만에 가슴 깊은 답답함을 느꼈다. 한참을 거실 소
파에 앉아 바깥 하늘을 멍하니 바라봤다. '혹여 음식 냄새가 날까

종량제 봉투를 꽉꽉 채우지 않고 버렸다고 들을 말이었나', '스프레이형 락스를 뿌린 것이 소변 자국으로 보였을 수도 있겠다', '주사약 자국을 안 보이게 하려면 어떻게 해야 할까?' 별의별 생각이 다 들었다.

　이러면 나만 손해다. 머릿속에서는 긴급 상황임을 알아채고 비상경보를 울렸다. 하지만 몸은 이미 반응하고 있었다. 가슴 끝까지 공기를 들이마시고 허파 꽈리가 쪼그라들 정도로 내뱉는 한숨에도 진정될 기미가 보이지 않는다. 정신과 원장님이 꼭 필요할 때 먹으라고 처방해준 약을 먹을까 고민도 했다. 하지만 한번 이겨내 보자 생각했다. 그냥 이 작은 이야기를 비추는 현미경을 치워버리자는 생각이다. 다 별일 아니다. 이 클레임을 이유로 재계약을 거부하면 안 하면 그만이다. 나에게 전혀 도움이 되지 않는 걱정이다. 괜찮다. 괜찮다.

　오후 3시에 들었던 말 한마디에 오후와 저녁 시간을 모두 낭비해버렸다. 저녁 늦은 시간이 지나서야 조금씩 잊혀 간다. 잊기 위한 노력이 빛을 발하는 순간이다. 아니면 다시 원래 상태로 돌아오는 데 4시간 정도는 걸린다는 것일까. 때론 빨리 잊는 편이 낫다. 마음으로 끙끙 앓는 것보다 그냥 낮잠 한숨 자고 연필로 쓴 노트를 지우듯 박박 지워내는 게 나을지 모른다. 설령 힘을 꾹꾹 눌러 담아 쓴 글씨라 아무지 지워도 자국이 남을 때가 있다. 그럴 때는 한 발짝만 뒤로 가서 보면 된다. 그러면 그나마 보이던 자국은 더욱 희미해지니까.

항상 나는 과거의 나에게 책임을 돌렸다. 잘못된 선택 혹은 실수라도 벌어진 다음이면 커다란 현미경을 가져와 낱낱이 분해했다. 렌즈의 배율을 계속 높여가며 나에게 어떠한 문제가 있는지, 어디서부터 잘못되었는지를 찾으려 헛된 시간을 낭비했다. 그렇게 내가 내 속을 박박 긁고 나면 또 공허한 마음에 며칠을 무의미하게 허비했다.

이제는 나를 지키기 위해서라도 현미경을 치워버리려 노력한다. 굳이 꼼꼼히 살펴봐도 내가 할 수 있는 것은 없으니까. 이미 지나간 일이고 되돌릴 수는 없으니까. 현미경에서 눈을 떼고 그냥 다른 곳을 쳐다보는 거다. 현미경 렌즈 바깥에는 재밌는 것들이 훨씬 더 많다. 그러면 그렇게 재밌는 것에 집중하는 거다.

그렇게 나아가는 거다.

비 오는 날의 청소

비가 온다. 오늘은 비를 흠뻑 맞았다. 계단 청소나 사무실 청소는 보통 실내에서 하지만 자동차와 현장을 몇 번 왔다 갔다 하면 흠뻑 젖기 마련이다. 습도가 높아 꿉꿉하던 날씨에 미적지근한 빗방울이 떨어진다. 처음 머리에 떨어지는 물방울에 나도 모르게 미간을 찌푸린다. 그러다가 온몸의 신경이 머리에서 어깨로 다리로, 그리고 마지막으로 축축해진 신발로 중심을 옮겨간다.

비 오는 날의 청소는 아무래도 신경 쓸 것이 많다. 뜨거운 해가 나지 않아 시원할 것 같지만 환기가 제대로 되지 않는 현장들이라 높은 습도에 땀이 비 오듯이 흐른다. 게다가 사람들이 오고 가는 발자국에서 물기가 묻어나 깔끔히 닦아놓은 바닥에 신발 모양이 선명히 찍히기도 쉽다. 그래서는 안 되지. 대걸레로 바닥을 닦아내며 뒤로 걸어가면서 누가 지나가지는 않는지 의도치 않게 도끼눈으로 살펴본다.

그렇게 계단 청소를 끝내고 현관문 유리까지 깔끔하게 닦아낸 다음 한 평 남짓 되는 현관문 앞에서 바깥바람을 쐰다. 시원하다. 이럴 때 쿨링 재질로 된 옷이 제 역할을 한다. 쿨링 재질이라도 일할 때는 땀에 젖어 몸에 쩍쩍 붙는다. 더위를 이겨낼 냉감 소재라더니 속았다. 흐른 땀에 달라붙을 대로 달라붙은 옷이었는데 작업을 끝나고 바람을 쐬니 말 그대로 쿨링 효과가 제대로 난다. 아, 이래서 냉감 소재라고 하는구나. 바람과 과학이 만들어낸 찰나의 기쁨이다. 더불어 성급하게 속았다고 판단한 내가 부끄럽다.

건물 외부에 있는 분리수거장을 정리하고 청소 도구들을 정리하다 보면 땀으로 젖은 머리가 이제는 비로 흠뻑 젖는다. 그러고 보니 이렇게 비에 흠뻑 젖어본 것이 얼마 만인가 싶다. 어린 시절에는 비만 오면 홀딱 젖은 상태로 집에 돌아온 나에게 감기 걸린다고 잔소리하던 엄마가 있었다. 세상 신났음에도 불구하고 젖으면 감기 걸리는구나, 젖으면 안 되는구나 하던 것이 습관이 되어버렸달까. 비가 올 듯한 날에는 가방에 항상 우산을 가지고 다녔다. 어른이 되어서도 비를 조금이라도 맞아 옷이 축축해지는 날이라면 마치 큰일이 난 것처럼 굴었다. 이제 비가 오는 날이면 그냥 비 오는 모습을 바라보며 막걸리 한잔을 떠올리는 마흔이 되었다. 어느덧 비는 맞는 것이 아니라 보고 듣는 것이 되었다.

비를 피하려 뛰어다닌다. 뛰어다닌다고 피할 수 있겠나. 어느새 다 젖어버렸고 이세는 아무렇지 않다. 머리가 젖고 티셔츠가 젖고 양말까지 젖어 찝찝하지만 그것도 시간이 지나면 언제 그랬냐는 듯 그러려니 하게 되었다. 오히려 얼마 만에 비를 맞는 것인지 평화롭기까지 하다. 이렇게 홀딱 젖어보니 막연히 불편하다 생각했던 것들이 당연하고 자연스러워 보인다. 저 멀리 어느새 불쑥 자란 옥수수들이 보인다. 아직 뽀얀 수염을 내밀고 있지만 이 비를 맞으며 쑥쑥 자라겠지. 뜨끈한 열기에 아지랑이를 내뿜던 아스팔트도 이내 빗물에 젖어 검은 낯빛을 내민다.

처음 청소일을 시작할 때는 땀을 흘리는 것부터 시작해서 계단을 오르고 내리는 것, 빗자루질을 하고 먼지를 뒤집어쓰는 것, 걸레를 손에 쥐는 것조차 신경 쓰이고 어색했었다. 그렇게 내 모든 주의가 흘러가듯이 가버리더니 비로소 평화로워졌다. 당연한 일이 되었다.

처음부터 청소일이 쉬웠을까. 아니, 전혀. 불편하다 생각하지는 않았지만 쉽다고 생각하지도 않았다. 내가 경험해본, 내가 염두에 두었던 분야가 아니었기에 왠지 모를 불안감이 있었다. 이제 청소일을 시작한 지 한 달이 되었다. 한 달이라는 시간 동안 많은 것들이 당연해졌고 많은 시간이 평화로워졌다. 이렇게 발을 흠뻑 담가보니 이전의 불안들은 어딘가로 흘러가 버렸다. 아무래도 저 아래 내가 기억하기 힘든 무의식 속으로 잘 흘러 내려가지 않았을까.

혼자 청소합니다

나는 혼자 청소하는 것이 좋다. 물론 주말에 일을 도와주는 진수 씨와 함께하면 훨씬 수월하기도 하고 현장 간 이동 시에 말동무도 있으니 심심할 겨를이 없다. 혼자라면 냉수만 들이켜고 입에서 단내가 날 때까지 일만 한다. 그래도 진수 씨 덕분에 중간에 음료수도 마시게 되고 간간이 농담을 나누며 호탕하게 웃기도 한다.

하지만 기본적으로 혼자 청소하는 것이 마음 편하다. 곁에 사람이 있으면 괜히 눈치가 보인다. 뭔가 내 흠을 보이지 않아야 한다는 압박감이 있다. 어쩌면 그래서 사람이 없는 계단 청소나 직원들이 퇴근한 사무실 청소를 하고 싶었는지 모른다. 텅 빈 건물 복도 끝에 서 있거나 모두가 퇴근한 사무실의 불을 켤 때면 나도 모를 희열도 느껴진다. 마치 무대 위에 올라가는 가수처럼.

칭소일은 단순노동이다. 미사여구를 추리고 주리다 보면 결국 쓸고 닦는 것이 전부인 일이다. 그러다 보니 체력이 많이 소모되는 것 같지만 어느 정도 적응이 되면 체력보다 정신적 에너지가 더 필요한 일이라는 것을 깨닫는다. 특히나 입주 청소나 준공 청소, 특수현장 청소같이 매번 새로운 현장을 가지는 않기에 더욱 그렇다. 매주 혹은 매일, 같은 요일과 같은 시간에 같은 현장에 들어간다. 일주일에 여섯 번 청소하는 160평의 정형외과 청소일에 아내가 따라온 적이 있었다. 혼자서 하면 두 시간에서 두 시간 반 정도가 걸리는 현장이다. 둘이서 하면 한 시간 조금 넘게 걸린다. 그날 병원 청소가 끝날 즈음에 본 아내의 얼굴이 열기로 벌겋게 상기되었다. 아내가 조금 어이없는 듯한 표정으로 나에게 묻는다.

"당신은 이걸 매일 한다고?"

멋쩍은 웃음을 짓는다. 이렇게 고된 일을 하냐는 말이 아니다. 똑같이 반복되고 재미없는 일을 매일 하냐는 말이다. 지겹지 않냐는 말이 뒤에 숨어있다. 그렇게 재미를 찾는 사람이 이런 일을 한다고 혀를 내두른다. 체력은 둘째 치고 정신력으로 하는 것이 정기 청소다. 특히나 매일매일 하는 곳은 더 그렇다. <닥터 스트레인지> 영화에 나오는 도르마무같이 매일매일 같은 현장에서 같은 바닥과 쓰레기통을 비워낸다.

그럴 때 나에게 친구가 되어주는 것은 오디오북이다. 물론 가끔 음악을 듣기도 한다. 요즘 걸그룹 친구들의 음악을 들으며 내적 흥에 도취할 때도 있다. 80년대 일본의 시티팝을 들을 때도 있다. 왠지 모를 불안함과 예민함이 느껴지면 차분한 재즈를 듣는다. 하지만 대부분의 시간은 오디오북을 듣는다. 매일 같은 장소를, 같은 방법으로 청소하기에 가능한 일이다. 새로운 현장이라면 새로운 환경에 많은 주의가 필요하니까.

바깥의 소리를 차단하는 이어폰을 꽂고 1.4배속으로 읽어 내려가는 책을 듣는다. 때로는 어제 보이지 않던 바닥의 자국을 손톱으로 긁어보다가, 쓰레기봉투의 쓰레기가 넘쳐 손으로 쓸어 담다가, 청소기에 걸린 머리카락을 뽑아내다가 방금 흘러간 글이 어떤 내용이었는지 기억나지 않을 때가 있다. 잠시 주의가 어떤 행동에 빠져 흘려들은 것이다. 하지만 굳이 멈추어 되감기를 하지는 않는다. 손에 이미 더러운 것이 묻어있기도 해서 그냥 놓쳤다면 놓친 대로 계속 듣는다. 어차피 시간이 흐르듯 지나가는 것인데 굳이 애써 잡아야 할 필요가 있을까 하는 생각. 놓친 것이 있다면 놓치는 대로 가는 거다. 그것이 훨씬 편하게 오디오북을 들을 수 있는 방법이다.

예전의 나였다면 하나하나 곱씹으며 생각하느라 진도가 나지 않았을 테다. 어떻게든 변수들을 없애고 시행착오를 줄이려 애썼을 거다. 그런데 그럴 수가 없다는 것을 깨달았다. 변수들은 어떻게든 튀어나오고 시행착오는 필수니까. 흘리지 않으려 노력하는 에너지보다 흘러가는 것들을 그냥 두었을 때 간혹 입게 되는 손해가 훨씬 적었다. 굳이 애를 써서 더 많은 청소일을 하려고 바둥거리지 않기로 했다. 오늘도 혼자 한숨을 크게 들이쉬고 청소를 시작한다. 여유롭지는 않지만 그렇다고 급할 필요도 없다고 다짐한다. 그렇게 오늘도 혼자서 감사히 청소한다.

걸레받이

'짤랑짤랑'

퇴사하고 카페를 차린 뒤 석 달 정도 지났을까. 저녁 시간에 낯익은 얼굴이 웃으며 문을 들어온다. 전 직장의 부장님이다. 환하게 웃으며 들어오는 부장님의 한 손에는 조그마한 화분이 들려있다. 뒤이어 남편분도 꾸벅 인사를 하며 들어온다. 카운터에서 손을 흔들며 반가이 맞이한다. 이런 걸 뭐 하러 들고 오셨냐고 타박 아닌 타박을 한다.

뭐 직장인 때에도 꼬박꼬박 말대꾸하고 의견을 거침없이 나누며 스스럼없이 지낸 사이다. 비슷한 또래였고 회사의 방향성에 대해 이야기를 나눌 때면 제법 공통점이 많았다. 다른 것이 있다면 회사에서의 경력이었다. 부장님은 대학생 인턴부터 시작한 이른바 창업 멤버였고 나는 근래에 뛰어든 경력 메뚜기였다.

"퇴사하니까 어때? 좋아?"

"그런 걸 왜 물어봐요. 좋으면 퇴사하시게?"

"나야 뭐 도깨비같이 말해주는 사람이 없어서 심심하지."

당시 회사 내에서 가장 젊은 나이의 부장이어서 이리저리 많이도 치였다. 다른 부장들에게, 얼마 전에 들어온 임원들에게, 그리고 오랫동안 함께했지만 말과 행동이 다른 대표이사에게. 밀린 서류 작업을 하느라 야근할 때면 스르륵 문을 열고 부장님이 들어온다. 퇴근하신 거 아니었냐고 물어보면 울상을 짓는다.

"송 대리, 나 왜 이렇게 힘들까?"

"음…. 무엇 때문에 힘든지, 왜 힘든지는 생각해보셨어요?"

"뭔 도깨비 같은 말을 하고 있어!"

생각할 거리를 던져드리고 '어이쿠 시간이 벌써 이렇게 되었냐'며 퇴근하겠다고 나가버린다. 지금 내가 생각해도 싸가지 없는 후배 직원이다. 그래도 말 속에 뼈는 있어도 칼은 없음을 알았기에 서로에 대한 신뢰가 있었다. 대표이사에게 뺨을 맞은 다음 날 사직서를 제출했을 때도 전후 사정을 들은 부장님은 더 이상 해줄 것이 없다고 미안해했다.

"이제 자리는 확실히 잡은 거지?"

"아직 석 달밖에 안 되었는데 빨리 궤도에 오른 것 같아요."

"다행이다. 역시 사람은 좋아하는 일을 해야 해."

그렇게 하하호호 웃었다. 부장님은 다행이라는 말을 연발하고는 대박을 기원하며 다음을 기약했다.

정확히 2년 후 카페 직원에게 이번 달까지만 일해달라고 이야기를 꺼냈다. 코로나19로 몇 달 동안 매출이 3분의 1토막이 나서 함께하는 것이 큰 부담이 될 것 같다고 말했다. 더 큰 문제는 언제까지 버텨야 상황이 좋아진다는 보장이 없다는 것이었다. 좋아하던 일은 이내 버티는 일이 되어버렸다. 사실 그 이전부터 좋아하는 일은 더 좋아하는 일에 우선순위를 빼앗겨버리기 일쑤였다. 시간이 흐르면 사람은 변한다. 나 또한 그렇다. 보고 듣고 생각하는 것이 많아질수록 선호의 기준과 아이디어의 카테고리가 요동친다.

좋아하는 일로만 먹고살 만하다면 그것만큼 행복한 삶이 어디 있겠는가. 문제는 그러지 못할 가능성이 더 높다는 것. 좋아하는 일을 찾을 가능성, 먹고살 만하다는 것의 명확한 기준과 그것을 달성할 가능성이 곱해져야 한다. 희소하다. 정말이지 운의 영역의 정중앙에 있다.

미련한 것인지 순진한 것인지 나는 두 개의 자영업을 시원하게 정리하고서야 깨달았다. 좋아하는 일을 하면서 행복하기 위해서는 하기 싫은 일도 해야 한다는 것을 말이다. 치열하게 노력하면 무엇이든 가능하다는 성공론자들의 주장에 따른다면 나는 회생 불가능한 패배자가 되기에 그런 말은 모른 체 넘어가기로 했다.

청소하다 보면 걸레받이라는 구역이 있다. 바닥 면과 벽면의 경계에 있는 인테리어 요소다. 보통은 검정색 페인트로 마무리를 하거나 채도가 낮은 어두운 컬러의 몰딩으로 처리한다. 말 그대로 바닥을 청소하는 물걸레질에 벽면이 오염되는 것을 방지하기 위한 최소한의 장치인 셈이다. 인테리어적으로 보았을 때는 바닥과 벽면을 자연스럽게 이어주는 완충 장치이기도 하다. 밀대 걸레로 바닥을 닦을 때마다 혹여나 지금의 시간이 이 걸레받이 같은 것이 아닌가 생각해본다.

청소가 좋아하는 일은 아니다. 다만 어떠한 필요에 의해서 지금 청소일을 하고 있고 그것이 최우선의 일이다. 단순히 버티기 위한, 생존을 위한 일이라고 하기에는 조금 더 마음이 간질간질한 일이다.

시간이 지나면 선호가 달라지고 환경이 달라지게 되겠지. 그때의 나는 또 다른 아이디어와 선호의 기준에 의해 다른 일에 열성을 쏟겠지. 다만 그때의 내가 지금의 나보다 한 뼘 더 성장했으면 좋겠다는, 그렇게 되도록 치열하게 살아야겠다는 마음은 한결같다.

언젠가 좋아하는 일을 하기 위한 소중한 시간이다.

그러니 이 시간조차 허투루 쓸 수는 없다.

피의 월요일

추운 겨울이었다. 어제 내린 눈으로 길은 온통 하얗게 뒤덮여 있었다. 눈이 오는 날이면 청소일이 두 배로 힘들어진다. 비 오는 날도 마찬가지다. 사람들이 신발에 묻은 빗물과 눈과 함께 건물로 들어온다. 말끔하게 걸레질해 놓은 바닥에 누군가가 들어오면 어김없이 발자국이 남는다. 필연적으로 발생할 일이지만 내 눈앞에 보이는 것은 썩 기분이 상쾌하지만은 않다. 청소하는 사람에겐 시간이 곧 돈이다. 움직이는 만큼 벌 수 있으므로 시간의 손실을 줄여야 한다. 그런 이유로 하늘에서 뭔가 떨어지는 날은 효율성이 떨어지는 날이라 반갑지만은 않다. 청소를 마치고 현장을 정리하고 있었다. 트렁크를 열고 청소도구를 정리하고 서둘러 다음 현장으로 가기 위해 이동하려던 찰나였다.

'쿵'

열어놓은 차 트렁크 문에 머리를 찧었다. 10년 정도 탄 경차이지만 탈 만했다. 그런데 유난히 요즘 트렁크 문이 완전히 열리지 않고 애매하게 열렸다. 마침 거래처인 차량정비업체 사장님께 물어봤다. 트렁크 부위 부품이 가스식 실린더라 추운 날씨에는 온전히 열리지 않는 경우가 많다고 하셨다. 따뜻한 봄이 되면 지켜보고 그때도 증상이 같으면 자신이 봐주시겠다고 했다.

그렇게 낮게 열린 트렁크 문을 깜빡하고 서두르다가 머리를 부딪친 것이었다. 생각보다 꽤 아팠다. 오늘은 조금 세게 부딪쳤나 보다. 10초 정도 눈을 질끈 감고 고통이 사그라들기를 기다렸다. 여진처럼 아픔이 5초 정도 더 지속되었지만 다음 현장으로 서둘러 가야 했기에 이내 다시 움직이려던 찰나, 따뜻한 액체가 이마에서 뚝뚝 떨어졌다. 피다.

마침 엊그제 눈이 와서 새하얀 도로에 선명한 시뻘건 피가 뚝뚝 떨어졌다. 평생 살면서 코피 한 번 흘리지 않았던 나로서는 적잖이 당황할 수밖에 없었다. 뚝뚝 흐르던 피를 꽤 오래 지켜봤던 것 같다. '내 머리에서 흐르는 게 맞나' 하는 생각도 했고, '이때 내가 무엇을 해야 하지?' 하는 생각도 했다. 머리에 피가 나는 와중에도 남은 현장까지 청소하고 병원을 갈까 고민했다.

차 뒷좌석을 뒤져보니 아직 뜯지 않은 새 걸레가 있었다. 지혈해야겠다는 생각으로 걸레를 머리에 대고 조금 기다렸다. 잠시 후에 떼어보니 연두색 걸레가 시뻘겋게 물들어있었다. 하필이면 빨간색의 보색인 초록색 걸레라니. 피 색이 도드라져 보였다. 그런데 그것보다 속상한 것은 지혈해도 계속 피가 나는 거였다. 걸레의 절반이 피로 물들었다. 그제야 단념하고 병원으로 향했다. 반창고라도 붙여야겠다 싶었다.

응급실에 도착해서 기다렸다. 왼손으로 연두색 걸레를 쥐고 머리를 누르면서. 혼절한 아버지를 애타게 부르며 울부짖는 딸, 휠체어를 타고 힘겹게 오신 어르신 등 응급실의 상황은 어느 때 봐도 적응이 안 된다. 차분히 기다리며 아내에게 전화를 했다. 참, 운동하고 있을 시간이지. 냉큼 전화를 끊었다. 지금 말하면 괜히 걱정할까 싶었다.

꽤 시간이 흐른 뒤에 의사 선생님이 오셨다. 살펴보시더니 6cm가 찢어졌다고 하셨다. 그리고는 봉합해야 하는데 바늘 말고 철심으로 봉합하겠다고 하셨다. 그리고는 스테이플러 같은 기기로 상처 봉합을 시작하셨다. 상상도 못 했다. 생살을 스테이플러로 집는 통증이라니.

"좀 따끔해요. 마취해도 풀리면 아픈 건 비슷하니 마취 없이 그냥 할게요."

탈칵, 탈칵, 탈칵 하는 소리와 처음 느껴보는 얼얼한 통증에 입이 다물어지지 않았다. 파상풍 주사를 포함해서 주사만 4대를 맞았다. 그렇게 진짜로 반창고를 하나 붙이고 집으로 돌아왔다.

"어? 아빠 머리에 이상한 거 붙이고 왔네?"

방학이라 일찍 집에 와 있던 딸이 현관문까지 나와서 반겨주었다. 머리의 반창고가 신기한 듯 쳐다봤다. 아내는 적잖이 놀랐고 속상해했다. 점심을 간단히 먹고 남은 청소일을 하러 다시 나가려다 그제야 어지러워서 소파에 누웠다. 응급실에서 의사 선생님이 어지럽거나 속이 울렁거리지 않냐고 물어봤을 때는 괜찮았는데 그제야 긴장이 풀린 듯 어지럽기 시작했다.

한 시간 정도 소파에 누워 쉬다 보니 어지럼증이 조금 나아졌다. 반창고가 보이지 않게 노란 비니 모자를 쓰고는 다시 현장으로 나갔다. 그동안 청소하는 길에 항상 감사하다는 혼잣말을 했었다. '일할 수 있음을 감사드립니다. 오늘도 하루를 평온히 시작할 수 있게 해주셔서 감사합니다.'처럼 말이다. 그때는 달랐다. 꿰맨 상처가 욱신욱신하고 어지러워서 그랬는지 몰라도 썩 유쾌하지 않았다. 감사의 혼잣말도 할 겨를이 없었다. 뭔가 억울했고, 그래서 슬펐다.

그래도 어쩌랴. 오늘 할 일은 해야지.
이런 날도 있는 거겠지.

파는 방법에 대한 책과 콘텐츠를 훑어보다 보면 마치 최후의 비기인 양 다양한 스킬들을 알려주고는 한다. 무조건 팔리는 카피라든가, 월 몇천만 원을 벌게 해주는 상세페이지라든가. 카페와 맥주 펍을 운영하면서 인스타그램 콘텐츠를 업로드하고 매장 전단에 사용해봐도 그게 '무조건 팔리'거나 '월 ○천만 원'을 벌게 해주지는 못했다.

어느 날 전화가 왔다. 이제는 약간의 느낌이 오는 것 같다. 왠지 견적을 물어보려 하는 연락처인 듯한 느낌적인 느낌이랄까. 기분이 좋게도 예상이 맞았다. 건물 청소를 맡기고 싶다는 연락이었다. 목소리에 활기가 있는 중후한 매력의 중년 남성분이셨다. 내가 적어놓은 블로그를 보고 연락을 주셨다고 했다. 현장을 보고 견적을 내주지 않냐고 먼저 물어보시고는 다음 날로 약속을 잡았다.

약속 시간이 되어 현장에 도착했다. 준공된 지 얼마 되지 않아 깨끗한 새 건물이었다. 조금 외곽에 있었지만 깔끔하고 멋스러웠다. 뒤이어 고급 세단을 타고 한 중년 남성분이 도착하셨다. 깔끔한 정장 차림에 커다란 프랭클린 노트를 들고 계셨다. 어제 전화로 의뢰하신 분이었다.

"처음 뵙겠습니다. 대표님."

꾸벅 허리를 굽히고 먼저 인사를 건네셨다. 전화 통화할 때부터 느꼈던 젠틀함이 행동에도 묻어났다. 나도 허리를 굽혀 공손히 인사하고 먼저 연락주셔서 감사하다고 말씀드렸다. 함께 건물을 돌아보았다. 원주 지역으로 사무실 이전하면서 매입했다고 하셨다. 그러면서 청소업체를 검색했는데 내 블로그가 눈에 유독 띄었고 마음이 갔다고 하셨다. 너무 마음에 드는 글귀가 있어서 꼭 이 업체에게 맡기고 싶다고 생각하셨단다. '아휴, 너무 감사드립니다.' 부끄러운 마음이 버무려진 웃음을 지으며 다시 한 번 고개를 숙여 인사드렸다. 견적이 나오는 대로 진행해달라고 하셨다. 가격을 조정해달라는 말씀이나 특별한 요구사항도 없으셨다. 알아서 잘 해달라고만 하셨다. 나를 믿어준다는 느낌이 충만했다.

대표님이 마음에 들어 하셨던 그 글귀가 무엇인지는 여쭤보지 않았다. 경황이 없어서 머뭇거리다가 타이밍을 놓쳤다. 어떤 글귀인지는 모르겠지만 하나의 글귀만으로 그 대표님이 나에게 신뢰를 주지는 않았다고 확신한다. 그런 것은 없기 때문이다. 내가 퇴사하게 된 이유는 대표이사와의 갈등뿐만이 아니었다. 그 이전에 수많은 인자들이 모여 화학작용을 일으키고 있었다. 단지 대표이사와의 사건으로 인해서 스위치가 켜진 것뿐이다. 내가 불안장애와 우울증을 경험하게 된 것도 수많은 시간의 파편들이 마음에 박혀 드디어 제 기능을 못 하게 만들었기 때문이다. 카페 건물주 할머니의 단호한 재계약 거부가 은색 서류 가방 속 빨간 버튼을 누르게 한 것뿐이다(영화를 보면 미국 대통령의 핵미사일 발사 버튼은 그렇게 묘사된다).

청소대행업으로 사업자를 등록하고 플랫폼 이곳저곳에 사업자 계정 등록까지 마쳤었다. 첫술에 배부를 수 있을까. 모든 일에 시간이 필요하다는 것을 알면서도 조바심이 나는 것은 어쩔 수 없다. 조급함이 눈을 가리지 않도록 자꾸만 눈을 비벼본다. 잠시 충혈된 눈을 감고 새로운 마음의 물꼬를 트는 주문을 걸어본다.

'당연한 일이다. 당연한 일이다.'

당연하지 않은 일로 괴로워하지 말자. 16년간 학생 신분으로 있으면서 배운 가장 효과적인 문제 풀이 방법은 '무조건'이라는 답은 피하는 것이다. 단 한 개의 문장으로, 단 하나의 콘텐츠로 성공할 수 없다. 단 한 번의 베팅으로 일확천금을 벌 수도 없다. 당연한 일이다. 한순간에 손바닥 뒤집듯 바뀌는 것은 세상에 없다. 있다고 해도 극히 드문 일이다. 그걸 알면서도 요행을 바라는 사람의 마음은 어쩔 수가 없다. 그렇게 생각의 계단을 오르내리며 내린 결론이다. 대표님은 내가 쓴 단 하나의 글귀를 보고 신뢰를 주신 것이 아니다. 내 시간의 흔적들, 즉 서사에 믿음이 갔을 것이다. 시간이 흘러 누군가 나에게 단 하나의 필살기가 무엇이냐고 묻는다면 어김없이 나는 '나의 서사'라고 말해야지.

늦은 점심이다. 아이를 등교시키고 청소일을 하러 나간다. 땀을 세 바가지 정도 쏟아내어 티셔츠가 홀딱 젖은 후에야 오전 일을 끝내고 집에 돌아온다. 그 시간이 오후 한 시쯤 된다. 집에 돌아오면 아침 운동을 다녀온 아내가 점심을 준비해둔다. 젖은 옷들을 들배지기 하듯이 벗어내고 시원한 냉수로 샤워를 한다.

밥을 먹으면서 이런저런 이야기를 한다. 오늘의 사소한 이야기를 조잘조잘 떠들어대는 살가운 스타일은 아니다. 다만 며칠간 청소일을 하면서 고민하고 있던 문제에 대한 답을 나름대로 조몰락거린 후 꺼내 아내에게 컨펌을 받는 식이다. 아내도 내가 꺼내는 말들이 깊이가 있지는 않더라도 나름의 시간 동안 숙성을 시켜놓았다는 것을 이해하기에 가만히 들어주는 편이다.

그날의 주제는 블로그였다. 얼마 전 내가 쓴 블로그 글을 보고 한 미술 학원 원장님이 블로그 콘텐츠 제작 도움을 청하셨다. 전화 통화 후 실제 미팅을 통해 내가 나름대로 생각한 브랜드의 방향성과 방법론에 대해 말씀드렸고, 원장님은 적극적으로 동의해주셨다. 서툰 글솜씨지만 학원과 관련된 콘텐츠를 제작해드리기로 했다. 그러면서 몇 날 며칠을 생전 듣도 보도 못한 입시 미술 학원에 대해서 고민했다. 우리 딸아이가 입시 미술을 한다면 어떤 것부터 고민할까부터 내가 과거에 미술에 관심 있었다면 무슨 기준으로 정보를 얻을까까지. 그렇게 고민한 몇몇 콘텐츠 주제들을 아내를 앞에 두고 브리핑을 했다. 밥알을 씹으며 묵묵히 듣고 있던 아내는 고개를 끄덕이며 말한다.

"괜찮네."
"정말 괜찮아?"
"응. 설득력도 있고 타깃에게 전달이 될 것 같아."

그래도 재차 물어본다. 아내의 대답 중 긍정과 부정의 비율을 굳이 따지자면 7:3 정도. 3의 부정 중에서도 그 아이디어 별로라는 적극적인 부정은 1 정도고 2는 무응답으로 대신한다. 7의 긍정 시그널에도 나는 재차 삼차 물어보는 습관이 있다. 남편이라는 관계성 때문에 판정의 추가 조금이라도 기울어진 것이 아닐까 하는 합리적인 의심 때문이다.

"당신은 그게 재능이야. 의심하지 마."

아내는 또 나에게 상기시킨다. 나는 생각을 참 오래 한다. 선택의 기로에 있으면 몇 날을 고민한다. 혼자서 하는 고민으로 안 될 것 같다면 책을 읽거나 유튜브를 찾거나 인터넷을 삳삳이 뒤진다. 말 그대로 '딥 다이버(Deep Diver)'의 괴이한 습관을 가지고 있다. 그렇게 깎고 깎아낸 아이디어는 그런대로 쓸만한 경우가 많으니 자신을 의심하지 말라는 것이 아내의 나무람이다. 물론 나도 격하게 동의하는 사실이다. 처음 한 발짝 떼는 것을 참 힘들어하지만 모든 준비가 되었다 싶으면 앞뒤 가리지 않고 뛰쳐나가는 식이다. 한참을 웅크리고 있다가 튀어 나가서는 왜 안 따라오냐고 하는 나쁜 버릇. 다른 사람들에게는 참 속도를 맞추기 힘든 사람이다. 인정한다. 성인이 되고 나서 내가 속한 거의 모든 조직에서 그렇게 행동했다. 이 자리를 빌려 죄송하다는 말을 전한다.

처음 청소일에 대해서 얘기를 꺼냈을 때 아내는 짧은 탄성을 질렀다. 나 또한 처음 청소일에 대한 얘기를 들었을 때 딱 그런 표정으로 탄성을 질렀노라며 맞받아쳤었다. 그토록 시작하기를 더듬거리던 사람이 왜 청소일에는 숙성의 시간을 건너뛰고 발을 담갔을까. 청소일을 시작한 지 1년이 넘었지만 아직도 명확히 규명하지 못했다. 내가 청소일을 시작하게 된 이유는 여러 가지가 있지만 막상 그 점들을 하나의 선으로 이어보면 묘사가 불가능한 삐뚤빼뚤한 도형이었다. 사람들을 이해시키기 어려운 것이 당연했다. 사람들은 '정N각형'만 이해하니까. 그러므로 아직 답을 내지 못한 것에 대해 죄책감을 가지지 않기로 했다. 그저 애매함의 영역에 두는 것이 평온함을 유지하는 데에 도움이 된다고 결론지었다. 어쨌든 나는 시작을 했고 그 시작으로 여기까지 왔다. 그것으로 되었다.

시작도 재능이니까.

내 작업 현장 중에는 유난히 사무실과 병원 청소 건이 많다. 처음에는 원룸 건물 계단 청소를 목표로 청소일을 시작했지만 생각보다 거래처를 찾기 힘들었다. 그도 그럴 것이 서울처럼 인구가 밀집되어 있지 않은 지방인 데다 몇몇 기존 청소업체들이 꽉 잡고 있었다. 내가 비집고 들어갈 틈이 잘 보이지 않았다.

그러다 눈을 돌린 것이 시간당 단가가 높고 근무 환경이 좋은 사무실과 병원 청소였다. 여기서 말하는 근무 환경은 시원한 에어컨과 따뜻한 히터, 시원한 물이 나오는 정수기를 말한다. 하지만 보통 일과 전 혹은 진료 시작 전에 청소를 마무리해 달라는 조건이 붙는다.

그래서 새벽과 늦은 밤이 주 활동 시간이 된다. 아직 깜깜한 새벽에 집을 나설 때면 왠지 내가 부지런한 사람이 된 것 같아 뿌듯한 마음이 들 때도 있다. 처음 일을 시작할 때는 샤워도 하고 거울도 한 번씩 보고 집을 나섰지만 익숙해진 이후로는 반쯤 눈이 감긴 상태로 대충 세수만 하고서 현관문을 나선다. 차의 시동을 켜고 전기면도기로 턱을 문지르며 남은 잠을 털어낸다. 새벽 공기는 항상 차다. 열대야가 기승을 부리는 여름을 제외하고는 봄, 가을, 겨울의 아침 바람 모두 새초롬하다. 그러고 보니 겨울은 빼야겠다.

바깥보다 더 깜깜한 사무실을 열고 들어간다. 평화롭던 사무실 공기 입장에서는 불청객이 찾아온 셈이다. 성질 급한 공기가 내 코를 후벼파고 들어온다. 악취는 아니지만 묘하게 미간을 찡그리게 하는 공기다. 이렇게 반나절 동안만 묵혀두어도 공기가 탁해진다. 창문을 연다. 겨울의 날 선 새벽 공기가 무섭지만 그래도 열어둔다. 덕분에 입고 간 외투와 목도리를 벗을 타이밍이 늦춰진다.

오롯이 혼자다. 처음부터 누군가와 함께 청소일을 하겠다고 생각하지 않았다. 일손이 필요하면 말하라며 마들렌 같은 알통을 보이던 아내의 성화도 웃어 넘겼다. 당신 할 일은 당신이 찾으라고 하면서. 혼자 있는 시간이 필요했다. 아무도 없는 공간에서 아무것도 생각하지 않고 눈앞의 것에만 집중하며 몸을 움직이는 시간이.

얼마 전 인연이 닿은 사장님은 청소가 명상 같아서 좋다고 하셨다. 평소에 항상 생각하고 있던 비유라 너무나 공감되어 소리를 지를 뻔했지만 참고 참았다. 1년이 넘는 시간 동안 내가 청소 일 하면서 만족했던 가장 큰 이유를 꼽는다면 청소 시간이 명상 시간 같았기 때문이다.

사무실과 병원 청소가 주가 된 덕분에 더운 여름날에는 에어컨도 시원하게 틀고 일을 한다. 추운 겨울날에는 따뜻하게 히터를 켜두고 청소기를 돌리면 땀이 송글송글 맺힌다. 먼지가 많아서 목이 칼칼하면 정수기에서 시원한 냉수를 들이켤 수 있고, 가끔 달달한 것이 당기면 믹스커피 2개로 나만의 커피를 만들어서 마신다. 아무도 없으니 오디오북을 들으며 청소해도 아무도 뭐라 하는 사람이 없다. 이 또한 혼자서 청소하기에 얻을 수 있는 작은 행복이다.

청소의 시간은 항상 느리고 빠르게 간다.

청소일을 시작한 지 9개월이 되었다. 땀이 비 오듯이 흘러내리는 여름과 얼어붙은 걸레가 중력을 거부하는 겨울을 보냈다. 따뜻한 봄이 되면 청소 의뢰가 많이 들어온다. 그동안 닫아두었던 창문을 열다 보니 먼지가 많이 보이는 것이다. 나에게도 몇 건의 청소 건이 들어왔다. 이제는 힘에 부칠 정도다. 물론 이를 악물고 하면 안 될 것은 없다. 하지만 나는 한 달에 몇천만 원을 벌기 위해 청소일을 시작한 것이 아니다. 이거 아니면 먹고살 것이 없다는 배수의 진을 친 것도 아니다. 청소일을 평생의 업으로 삼아야겠다는 굳은 다짐을 한 적도 없다. 그저 내가 바닥을 쳤다고 생각했을 때 선택한 선택지 중 하나일 뿐이었다. 스트레스에 대한 역치가 낮아졌기에 임계선을 넘지 않기 위해 노력한 결과이지 않을까.

일이 힘에 부친다고 생각하다 보니 도와줄 사람이 필요하다는 것을 느꼈다. 사람을 써야겠다는 생각이 들었다. 직장인 시절의 나는 젊음의 치기가 있었다. 똑똑했고, 무엇이든 하면 된다는 자신감이 있었다. 그렇기에 사람을 쓴다는 것에 대한 알 수 없는 반항심이 있었다. 사람은 도구가 아니기에 '쓴다'라는 표현이 적절치 않다고 생각했다. 사람은 감가되는 비용이 아니라 성장 가능한 자산으로 봐야 한다고 생각했다.

결국 두 가지 선택이 있다. 도와주는 사람과 함께 사업을 확장하거나 아니면 내가 버틸 수 있는 몇 개의 현장만으로 만족하거나. 결국은 다른 사람의 도움을 얻기로 결정했다. 그러면서 내가 사람을 써도 되는 그릇인가에 대해 다시 한 번 자문해봤다. '쓰임'에 대해 불쾌해했던 이슈들과 감정들에는 공통점이 있었다. 내 자신이 성장하고 있지 않다는 것이었다. 정시 퇴근을 하고 집에서 푹 쉬면서도 공허함을 느낀 적이 있었다. 반면에 정신없는 하루와 프로젝트 마무리까지 하느라 자정이 다 되어 퇴근하는 길에도 뿌듯했던 적도 있었다. 차이가 무엇이었을까? 비자발적으로 시작한 업무일지라도 내 자신이 성장할 수 있었다면, 몰입하고 집중하여 내 스스로가 만족할 만한 하루였다면 그날의 회사생활은 뿌듯하고 즐거웠다. 단순히 일이 많고 적고가 아니고 월급이 많고 적음도 아니었다.

하지만 이런 나의 모습을 이해하지 못하는 사람들이 더 많았다. 그저 받은 만큼만 일하면 되지 않느냐 하는 친구들도 많았다. 어떤 때에는 그들의 눈에 내가 비상식적인 사람이었고, 비교 대상이 되기에 불만인 사람도 있었다. 일을 대하는 태도에 있어 누가 더 낫고 누가 더 높다는 식의 가치 판단을 내릴 수가 없었다. 나 같은 사람이 있다면 나와 다른 사람이 분명 존재하는 식이다. 세상은 그렇기에 잘만 돌아간다. 다름을 인정한다면 나와 비슷한 사람을 찾고 그 사람과 함께 일하는 것이 최선의 방법이 아닐까.

아르바이트 공고를 냈다. 우선 풀타임보다는 주말 하루만 도와줄 사람을 찾아보았다. 생각보다 많은 고민이 들었다. 자기소개까지는 아니지만 구직을 희망하는 사람들이 남기는 짧은 코멘트로 이 사람이 나와 일에 대한 태도가 맞는 사람인지 확신하기 어려웠다. 그러다 박 사장님께 연락을 드려봤다. 조언을 구하기 위해서였다.

"뭘 고민해, 창민 씨. 일은 같이 해봐야 아는 거야."

둘 이상의 사람이 함께 일을 하면 호흡이 가장 중요하다. 몸을 쓰는 일이라면 더욱 그렇다. 일의 호흡에는 다양한 요인들이 작용한다. 일에 대한 센스도 필요하고 욕심 또는 책임감도 있어야 한다. 책임감은 급여에 비례한다고는 하지만 일을 대하는 사람의 성향과 바탕도 무시할 수 없다고 생각한다. 나름대로 지금까지 사회생활을 하면서 체득한, 협업에 있어서 가장 중요한 조건은 파트너에 대한 배려다. 생각해보면 일에 있어서 호흡이 맞는 사람의 조건은 센스와 책임감, 배려와 같은 눈에 보이지 않는 것들이다. 눈에 보이지도 않는 조건들을 100자도 되지 않는 짧은 텍스트로 판단할 수 없는 노릇이었다.

　그날부터 아르바이트를 지원한 분들을 필터링하는 과정이 간소화되었다. 우선은 일을 하루 해보자는 마음으로 바뀌었다. 감사하게도 일을 도와주시기로 한 분들이 모두 좋은 분들이셨다. 평일에는 경리 업무를 하시면서 주말 아르바이트를 원하셨던 30대 여성분, 아파트 단지에서 가정 어린이집을 운영하시는 원장님이시지만 새로운 도전을 위해 청소일을 배우고자 하셨던 40대 여성분, 마지막으로 지금 함께 일을 하고 있는 20대 진수 씨다. 특히나 진수 씨는 직장에서 생산직으로 근무하면서 주말을 활용해 월 100만 원만 더 벌고자 하는 확실한 목표가 있는, 건강하고 씩씩하며 나오는 띠동갑인 친구다. 나보다 말수가 적고 담백한 성격이다. 주말이면 피곤해서 쉬고 싶은 마음이 클 텐데 존경스럽기까지 하다.

　어느 정도 친해지다 보니 일이 끝나고 밥이라도 한번 먹자고 했다. 진수 씨는 기다렸다는 듯이 휴대폰으로 달력을 보면서 가능한 날짜를 읊어댔다. 구워 먹는 고기가 좋겠다며 신나는 목소리로 메뉴를 골랐다. 뜨거운 화로를 앞에 두고 마주 앉았다. 오늘도 고생했다며 시원한 소맥을 들이켰다. 무한리필집이지만 고기가 너무 맛있다며 활짝 웃는다. 벌써 일을 도와준 지 두 달이 되었는데 이렇게 환한 웃음은 처음 본다.

"어떤 사람이 착한지 나쁜지는 제가 판단할 수 없다고 생각하는데요, 확실한 건 사장님은 좋은 분이신 것 같아요."

소주 몇 잔에 마음이 말랑해졌는지 진수 씨가 속내를 조심스레 이야기해 주었다. 현장과 현장을 이동하는 짧은 시간에 나누는 대화가 특히나 좋다고 했다. 몇 살 터울의 누나가 있지만 이렇게 진심으로 조언해주는 형은 없었단다.

나는 어리석고 이기적이었다. 일을 통해 자신을 성장시키고자 했던 건 내 마음이 잘나서가 아니었다. 그저 내가 그런 사람일 뿐이었다. 하지만 다른 사람들도 그러하기를 원했고 그러하지 않을까 봐 두려워했다. 가까이 지내는 사람일수록 더 그랬다. 그저 받아들이고 자신에게 맞는 일을 하면 되는 것인데 쓸데없는 오지랖을 부렸다. 사람도 겪어봐야 안다. 내 기준에 맞추려 까다롭게 굴지 말고 많은 사람들을 만나다 보면 나도 사람들과 버무려지겠지.

세상은 그렇게 조화를 이루니까.

주말에 청소일을 도와주는 진수 씨와는 따뜻한 봄날부터 함께 일을 시작해서 벌써 뜨거운 계절을 함께 보냈다. 함께 일하면 혼자 청소하는 것보다 시간을 효율적으로 사용할 수 있다. 더욱 좋은 점은 청소하면서 혹은 차로 이동하는 시간이 덜 무료하다는 것이다. 이야기 상대가 있기 때문이다. 짧게는 10분 정도, 길게는 20분 정도의 이동 시간 동안 근황 토크부터 직장 이야기, 부동산과 재테크 이야기 등 주제도 다양하게 대화를 나눈다.

하루는 청소일이란 주제로 이야기가 시작되었다. 진수 씨와 일을 하던 중에 새로이 추가된 사무실 현장이 있었다. 그동안 직원들이 때때로 적당히 치우는 수준으로 관리를 하셨다고 했다. 제대로 청소한 적도 없으며 청소업체에 연락한 것도 처음이라고 하셨다. 내가 온라인상에 업로드한 '정기 청소는 세수와 같다'라는 카피에 이끌려 먼저 연락을 주셨단다. 청소 첫날은 정말이지 고되었다. 무더위가 본격적으로 시작되던 7월이었고, 켜켜이 쌓인 먼지로 인해 똑같은 작업을 두 번 세 번씩 해야만 했다.

　살짝 욕심을 부린 현장이었다. 꼭 해야 할 필요는 없었지만 그렇다고 스케줄이 모두 차 있다고 거절할 만한 처지도 아니었다. 때문에 흐르는 땀방울을 닦을 새도 없이 수세미질을 하면서 이런 생각을 했다. '내가 괜히 한다고 했나?' 이렇게 생각한 현장은 처음이었다. 그 현장이 극악의 난도였던 것은 아니었다. 그저 어느 정도 배가 부른 사람에게 치킨 한 마리를 더 먹으라고 건네주는 정도랄까. 먹으려면 먹을 수는 있지만 다 먹기는 고역인 그런 느낌이었다.

　정기청소일이 그렇듯 항상 다음 회차 청소는 전보다 조금씩 수월해진다. 새로 쌓이는 먼지들보다 닦아내는 먼지가 많음은 물론이고, 청소된 공간을 체감하게 되면 사무실의 직원들도 신경 쓰기 마련이다. 이전보다 스스로가 조심해서 사용하게 된다.

　때는 청소를 시작한 지 한 달이 지난 무렵이었다. 청소 첫날의 기억을 꺼냈다. 그때는 진짜 힘들었다며 웃었다. 이제야 안 보이던 곳이 눈에 들어오고 조금씩 수월함을 느낀다고 의견을 모았다. 이것이 정기적으로 청소하는 이유임을 깨달은 듯 진수 씨는 감탄했고 나는 그에 답했다.

　"같은 힘을 들인다는 조건이라면 수고와 시간은 어느 선까지 반드시 줄어들더라고요."

"이렇게 같은 힘을 매번 쓰는 것도 참 힘든 일인 것 같네요."

"그렇죠? 그래서 청소가 진입 장벽이 낮은 것 같지만 제법 높아요. 근데 모든 일이 그렇더라고요."

"사장님처럼 자기 일을 하는 분 아니고서는 힘든 일이죠."

"정말 그렇게 생각하세요?"

나는 약간의 정색을 섞어 반문했다. 진수 씨는 적잖이 당황한 듯했다. 나는 단언하듯이 말을 이어갔다. 일을 대하는 태도는 습관이라고. 월급 받는 직장인이라도 받는 만큼만 일하면 안 된다고. 그게 습관이 되면 자기 일을 할 때에도 열정을 쏟지 못하거나 금방 타버리는 성냥처럼 곧 불씨가 꺼져버린다고. 그런 논리라면 지금 우리 눈에 보이는 수많은 자영업자, 사업가들이 모두가 성공해야만 하지 않겠냐고. 그러면 저렇게 "임대"가 붙은 공간이나 "폐업정리"라는 문구는 없어야 하는 것이 아니겠냐고.

옛 직장 동기 중 하나는 이런 말을 입에 달고 살았다. 이 회사 말고 다른 회사에 가면 훨씬 잘할 수 있다, 연봉도 적고 조직문화가 개판이라 동기부여도 안 되니 열심히 하고 싶어도 할 수 없다고 말이다. 거짓말이다. 그렇게 말하는 사람치고 자신만의 일을 하는 사람을 보지 못했다. 평생 직장에 매여서 겨우겨우 살아가기 일쑤다. 그나마 직장에서도 제대로 인정받기 힘들다. 아니 인정을 못 받으니 불만을 갖게 되고, 불만이 있더라도 성장을 위한 실행이 없으니 제자리로 돌아오는 것이다. 악순환이다.

　마흔에 다다르니 인생에 더 도움 되는 것은 소유보다 경험이라는 것을 깨닫는다. 월급과 성과급은 눈에 보이는 소유물이다. 하지만 사람을 성장시키고 노력하도록 이끄는 영감은 눈에 보이지 않는 경험, 즉 커리어다. 나는 커리어가 과거에 지나쳤던 직장의 리스트만을 뜻하지 않는다고 본다. 진짜 커리어는 살아오면서 겪은 경험의 축적이라고 생각한다. 그것이 바로 습관이란 행동으로 나타나고, 좋거나 나쁜 기회가 왔을 때 그것이 씨앗이 되어 결과물을 드러내 보인다고 믿는다.

　진수 씨는 약간은 충격받은 얼굴을 하고 창밖을 내다보았다. 자신이 생각해왔던 일과 보상에 대한 정면 반박이어서 그랬을까. 하지만 그에게 작은 돌멩이 하나를 던져주었다고 생각하기로 했다. 습관의 관성에 제동을 걸어주는 존재는 인생에 큰 도움이 되는 경우가 많으니까.

먼지 같은 성공

나는 정기 청소를 한다. 입주 청소나 특수청소와 같이 고객의 요청이 있을 때 서비스를 제공하는 것이 아니라 고객과의 약속을 바탕으로 눈이 오나 비가 오나 서비스를 제공하는 형태다. 매일 하는 공간도 있고 일주일에 한 번 혹은 두 번 정도 방문해서 청소 하는 곳도 있다.

그렇게 정기적으로 꾸준히 청소하게 되면 사실 청소 난도가 그리 높지만은 않다. 반면에 한 번이라도 청소를 소홀히 하거나 눈속임으로 농땡이를 친다면 금세 탄로 나버리는 단점이 있다. 이렇게 약속을 바탕으로 기계적으로 움직이는, 좋게 말하면 맡은 일은 책임지고 끝내 하고 마는 내 성격에는 딱 맞는 청소 영역이다.

아무리 일주일에 한 번 혹은 두 번씩 방문하여 청소하더라도 간간이 먼지 뭉텅이가 보일 때가 있다. 볼 때마다 그동안 어디에 숨어있었는지 참 신기하다. 지난주에 분명히 바닥을 쓸고 물걸레질을 했음에도 불구하고 일주일 만에 먼지들이 스스로 뭉쳐서 나좀 보라며 바닥을 이리저리 뛰어다닌다.

건강이 나빠진 이후 책을 항상 곁에 두고 살았다. 짬만 나면 책을 집어 들고 말 그대로 '닥치는 대로' 읽었다. 가끔은 길을 가면서도 책을 읽었다. 지나다니는 사람들이 이상하게 쳐다봤다. 청소일을 하거나 자전거를 타고 출퇴근할 때면 오디오북을 들었다. 먼 길을 떠날 때면 오히려 편안한 기분이 들었다. 긴 이동 시간이 더 이상 지루하지 않았기 때문이다. 그 시간은 누구의 방해도 없이 책만 읽으면서 오롯이 혼자서 생각에 잠길 수 있는 시간이었다.

그렇게 틈틈이 책을 읽고 생각하고 고민하고 결론을 짓고 또 기워내다 보니 고작 2년이라는 시간 동안 사람이 이렇게 많이 변할 수 있나 싶을 정도로 달라졌음을 깨달았다. 하루 일과 중 짬짬이 책을 읽는다고 얼마나 사람이 달라지겠냐 싶었지만 이전과는 크게 달라졌다. 청소하는 현장 바닥의 먼지들이 그렇다. 대리석 바닥의 먼지들은 눈을 크게 뜨고 보아도 보이지 않는다. 세제를 적신 물걸레로 바닥을 한번 훔치면 물기 먹은 대리석 때문에 더더욱 보이지 않는다. 그 먼지들이 시간이 쌓이면서 일주일만 되어도 뭉쳐진다.

먼지들은 어디 하늘에서 뚝 떨어진 존재들이 아니다. 원래부터 거기에 있었고, 바깥으로부터, 혹은 다른 곳들로부터 아주 조금씩 모여들어 먼지 뭉치가 되어서야 우리의 눈에 보이기 시작한다. 사람들이 말하는 성공이라는 것도 이 먼지 같지 않을까? 가시적인 성과를 만들어낸, 흔히들 이야기하는 성공을 이룬 사람들이 번개 맞듯이 한순간에 성공을 이루었을 것이라고 생각하지 않는다. 이전의 수많은 시간과 그와 함께한 노력이 먼지처럼 쌓이고 쌓여서 우리에게 보이는 그 성과의 시점이 도래한 것이다.

그렇다.
성공은 먼지같이 해야 한다.

7장

마흔, 정신과 다니며
청소합니다

좋은 아빠보다 좋은 내가 되기로

8년 전 포근한 이불에 싸인 못생긴 아이를 처음 보았을 때 좋은 아빠가 되는 것이 인생의 목표가 되었다. 적어도 나중에 딸아이가 성인이 되었을 때 은연중에 아빠로부터 보고 배운 결정들이 오롯이 자신을 위한 결정이었음을 알아주었으면 좋겠다고 생각했다.

새로운 사람들을 만나고 가까워질 때면 나이를 물어볼 때가 있다. 서른아홉과 마흔이라는 상징적인 나이가 되기 전에는 잠시 머뭇거렸었다. '내 나이가 몇이지?'라는 생각. 서른둘이라는 숫자가 머릿속을 잠깐 스쳤다가 85년생이라는 말이 입 밖으로 나왔다. 왜 나는 32이라는 숫자에서 헤어나지 못하고 있을까, 몇 날은 고민했던 것 같다.

아빠였다. 딸아이가 우리에게 온 나이였고, 나를 버려서라도 좋은 아빠가 되기로 한 나이였다. 인생에서 가장 큰 목표를 설정했고, 그것은 평생에 걸려서 노력해야 하는 초장기 프로젝트였다. 신체적으로나 정신적으로 가장 건강했고 건강해야만 했던 나이였다. 그러니 그 숫자가 머리를 떠나기 힘들었을 수밖에.

하지만 단순히 좋은 아빠가 되겠다는 다짐만으로는 부족했다. 여느 아빠들과는 다른 모습을 보여주려 노력했지만 부족한 부분만 보여주는 듯했다. 악재들이 잇따르고 실패 아닌 실패가 반복되었다. 굳건히 버텨야 할 아빠가 움츠러들고 침식되어 갔다. 심지어 그토록 사랑하던 가족이 짐처럼 여겨지기도 했다. 지금 생각해도 참 못난 아빠였다.

"가정에서 존경받고 사회에서 인정받는 아빠요."

다시금 고등학교 윤리 시간에 이야기한 나의 답을 떠올려보았다. 어떻게 하면 그때의 다짐을 지킬 수 있을까. 틈만 나면 나에게 질문을 던졌다. 나는 왜 이렇게 생각하지? 나는 지금 왜 이것을 보고 있지? 나는 왜 이것을 느끼고 있지? 질문에 질문을 거듭하다 보니 좋은 아빠의 조건에 가장 중요한 것이 빠져있다는 것을 깨달았다. '나'였다. 25년 전에 내가 답한 좋은 아빠의 기준은 아들의 입장만 경험했던 내 입에서 나온 말이었다. 아빠가 된 나에게는 그에 걸맞은 좋은 기준이 필요하지 않을까.

세상 어느 것과도 바꾸지 않을 가족에게 존경받는다면 더할 나위 없이 감사한 일이다. 게다가 현실적으로 생활비 걱정 없이 스스로 만족하는 일을 하며(그 자체가 사회에서 인정받는 것이라 생각한다. 사회에서 제 역할을 다하는 것이니까.) 살아간다면 걱정이 없겠다. 거기엔 모두 건강한 아빠라는 전제가 깔려있다. 건강한 아빠는 자신을 갉아먹지 않고 자책하지 않는다. 스스로를 보살피고 면밀히 관찰한다. 이기적이지만 이타적이기에 더욱 이기적이어야 한다. 불안정하고 깊은 골짜기에 빠졌던 시기를 겪으며 건강하다는 것 또한 당연한 것이 아니라는 것을 절실히 느꼈다. 내가 휘청거리니 일은 물론이고 가족에게도 고슴도치처럼 바늘을 세웠다. 좁은 내 마음 하나 지키지 못하니 모든 것이 무너져 내렸다.

좋은 아빠라는 목표에 한 가지 전제를 더 추가해보기로 했다. '좋은 나'가 되는 거다. 일단 나부터 사랑해보는 거다. 자기애를 키우자는 말이 아니라 나와 가장 가까운 나를 살펴보는 노력을 해보는 거다. 가족과 일이라는 핑계로 나를 생략하지 말자는 생각이었다. 이로써 좋은 아빠를 '자신을 사랑할 줄 알고 가정에서 존경받고 사회에서 인정받는 아빠'로 다시 정의해보았다. 훨씬 그럴듯했다.

이것이 말로만 듣던

"쳉, 어떻게 지내?"

반가운 친구로부터 전화가 왔다. 잠시 어색했지만 금세 대학교 때의 별명을 부르며 어제 만난 사이처럼 안부를 묻는다. 민국이는 대학교 시절부터 바른 친구였다. 법학을 전공했고, 규칙과 루틴을 정확하게 지켰다. 대학교 4학년 때에는 학교 체육센터에서 함께 수영과 헬스를 하면서 건강한 몸을 만들었다. 빼빼 말라서 까칠이 오라를 뿜던 몸매에서 이제는 제법 듬직한 몸매로 변하게 된 것이 바로 이 시기였다(마흔이 되니 굉장히 풍성한 몸매로 변했지만).

전역 후 민국이는 인사팀으로 취업을 했다. 군 복무 하면서 인사장교를 했으니 어쩌면 보기 좋게 이어지는 커리어 사다리를 타고 있었다. 민국이의 아내는 마침 나와 같은 과 후배라 우리 부부와 민국이네 부부는 자주 만나지는 않지만 서로 안부를 묻고 지내는 그런 사이였다.

"그래 잘 지내? 요즘 어떻게 지내냐?"

전화기 너머 목소리에 힘이 없었다. 금요일까지 포함한 연휴였지만 일요일 오전에 출근하고 있단다. 마무리 못 한 일 때문에 미리 숙소로 올라간다고 했다. 숙소? 무슨 숙소? 얼마 전에 다른 지역 회사로 이직했단다. 가족들과 함께 살고 있던 대전을 떠나 지금은 혼자 용인에 있다고 했다. 연봉을 더 많이 받으며 이직했지만 가족과 떨어져 있는 데다 새로운 직장의 상사가 자기와 잘 맞지 않는다고 했다.

"그러게…. 좀 힘드네. 창민아, 너는 요즘 뭐 해?"

얼마 전부터 청소를 한다고 말했다. 청소? 민국이도 마찬가지로 놀란 눈치다. 미디어에서 요즘 젊은 사람들이 블루칼라 직종으로 진출한다는 이야기는 들었지만 실제로 자기 주변에 화이트칼라에서 블루칼라로 업종을 변경한 사람은 없다고 했다. 벌이를 물어본다. 뭐 거짓말할 게 없다. 이만큼 벌고 있고 일주일에 이 정도 일을 하고 있다고 솔직히 답해준다.

"우와! 너무 좋은데?"

업무 시간이 자기의 절반 정도면서 자기와 비슷한 수익을 올리고 있다는 사실에 꽤 놀란 눈치다. 게다가 옮긴 회사의 지랄맞은 상사는 한 달도 안 된 자신에게 엊그제 샤우팅을 날렸단다. 하지만 청소일을 하는 나에게는 그 누구도 샤우팅을 날리지 못하겠다며 또 부러워한다. 나에게 전화했다는 것은 할 말이 많아서일 것이다. 내 이야기는 조금 누르고서 민국이가 하고 싶은 말이 있겠거니 하고 이야기를 들어준다. 이제 나이가 들어서 힘들다, 더 이상 이직도 못 할 것 같다, 가족과 떨어져 있으니 너무 외롭다 등등. 그렇지 않아도 말 잘 듣는 모범생이었던 민국이가 마흔의 가장이 되어 축 처진 어깨로 통화하는 모습이 생생히 그려졌다.

"그래, 힘내고… 어찌 됐든 이겨내야지."

위로라고 할 것도 없는 위로와 응원을 건네고 전화를 끊었다. 아무래도 찜찜하여 민국이의 아내인 후배에게도 연락했다. 대전에 혼자 남아 세 아이를 키우는 것도 여간 힘든 일이 아닐 거다. 마침 아기 사진으로 프로필 사진을 변경했길래 겸사겸사 안부를 물을 겸 연락했다.

"오빠, 고마워! 민국이 오빠는 멘털이 약해서 걱정이야."

'멘털이 약하다'라…. 나도 얼마 전에 멘털이 터졌었는데. '이것이 나와 친구만의 문제일까?' 하는 생각이 들었다. 30대 초반에 퇴사하고 뛰쳐나와 자영업을 하고서 멘털이 터진 나와, 전역 후 꾸준히 자신의 커리어를 가꾸어가면서 누구보다 안정적으로 가정을 꾸린 민국이 모두 고민과 불안함에 몸서리치는 이유가 상대적으로 남들보다 멘털이 약해서였을까? 아니면, 판단하기 조심스럽지만 마흔의 가장들이 한 번쯤은 겪어야 할 홍역일까? 아니면 정말 말 그대로 중년으로 진입하는 고개에서 만난 '중년의 위기'일까?

"연쇄해서 창업하시는 이유가 뭔가요?"

한 지역지에 실릴 기사 인터뷰였다. 당시 나는 카페에 이어 수제 맥주 펍을 막 오픈하고 청년상인 협동조합까지 만들어 새로운 도전을 하는 청년 사업가로 지역에 알려지기 시작하던 때였다. 히터를 최대치로 틀어도 추웠던 12월의 밤이었다.

"3자인 제가 보기에는 하나의 프로젝트가 완성되면 안정된 상태를 누리실 만도 한데, 계속 불안의 계곡으로 자신을 내모는 듯한 느낌을 받았거든요."

아차. 정곡을 찔렸다. 그저 마음 가는 대로 발걸음을 옮기고 있었고 나 또한 알고는 있었지만 굳이 입 밖으로 내지 않았다. 머릿속에서 정리가 안 되었으니 입 밖으로 낼 생각을 할 턱이 있나. 그러게. 그리고 보니 왜 나는 불안한 상태를 굳이 이어가고 있었을까. 더 불안하게.

　사람이 하는 모든 일에는 기승전결이 있다. 그때의 나는 '결'의 타이밍이 비즈니스 모델을 론칭할 때라는 크나큰 착각을 하고 있었다. 지금 와서 생각해보면 비즈니스의 론칭은 '기' 혹은 '승'의 단계일 뿐이다. 잠깐, 이건 우선 인터뷰니까 최대한 성실하게 답을 해야 한다. 적어도 이 사람은 나를 로컬의 유망한 청년 창업가로 알리기 위해 온 손님이니까.

　"음···. 제가 그런 사람인 것 같아요. 계속 성장하고 싶은 그런 성향이 저를 자꾸 등 떠미는 것 같아요. 지금 하는 생각과 행동이 5년 전, 10년 전의 제가 공부하고 배운 것들의 결과물이라고 생각하거든요. 그래서 5년 후, 10년 후의 저에게 부끄럽지 않게 지금을 치열하게 살아나가는 것 같아요."

　맞는 말이기는 한데 망했다. 주절거렸지만 명쾌하고 내가 당당해지는 답이 아니었다. 지극히 표면적인, 마음 변두리에 있는 이야기를 입 밖으로 꺼내었다. 그저 그럴듯하게 포장한 인터뷰였다. 찜찜했다. 양말 안에 작은 모래알이 몇 알 들어간 것처럼 수개월이 지나도 간간이 찜찜함이 머릿속을 긁어댔다. 그로부터 3년쯤 지났을까. 청소일을 하며 읽은 독일 철학자 쇼펜하우어의 책에서 그 해답을 찾았다.

'인간의 삶은 결핍과 권태 사이에서 고통받는 것이다.'

꼬여있던 머리가 한 번에 풀리는 기분이었다. 내가 품고 있던 응어리가 결핍과 권태라는 두 단어로 가볍게 정리되었다. 지금까지 정리하지 못했던, 언제 터질지 모르는 폭탄 같았던 불안의 뿌리를 마주한 기분이랄까. 나는 유난히 그 두 감정을 오가는 주기가 짧았다. 시계추처럼 움직이는 것이 아니라 손바닥 뒤집듯 결핍과 권태가 나를 지배하게 만들었다. 그러니 항상 불안해하며 나를 다그치고 행동을 서둘렀을지도.

유튜브에 청소 창업과 관련해서 검색해 보면 '○○개월 만에 월 ○천만 원을 버는 ○○대 사장님', '현장 한 건당 ○○만 원 버는 ○○대 사장님'과 같은 자극적인 썸네일로 사람들을 유혹한다. 그걸 보면 자연스레 나에게 질문하게 된다.

'나도 빡세게 하면 가능하지 않을까? 하지만 그때의 나는 권태에 다다르지 않을 자신이 있나?'

어쩌면 나는 권태보다 결핍에 휩싸여 청소일을 시작했는지 모르겠다. 기본적인 생활비를 벌어야 했고, 사람들로부터 독립된 혼자만의 공간과 시간이 필요했다. 감사하게도 많은 분들의 도움 덕분에 결핍의 고통에서 빠르게 벗어날 수 있었다. 하지만 비즈니스라는 것이 시간이 지나며 조금씩 조금씩 권태의 영역으로 움직이기 마련이다.

이 정도면 되었다고 결론지었다. 더 이상의 과도한 청소 스케줄은 받지 않기로 했다. 연락이 오는 대로 허겁지겁 받아내었던 1년 전과는 다른 스탠스다. 이 정도면 권태와 결핍 사이 어딘가의 적당 지점이라 판단했다. 물론 시간이 지날수록 이 추는 권태 쪽으로 움직이겠지. 어떤 요인으로 인해 갑자기 결핍으로 두어 발 움직일 수도 있겠지만 그건 그때 가서 고민하면 되는 거다. 지금 미리 걱정할 필요는 없다.

그래서 저는 적당히 벌고 행복하고 싶습니다.

못 버는 거 아닙니다.

암튼 그렇습니다.

끝이 있으니 지금이 좋다

"저희 사무실은 ○○평 정도 되는데요. 청소 견적이 어느 정도일까요?"

"보통 ○○만 원 정도 하는데요, 직접 방문해야 정확한 견적을 드릴 수 있습니다."

정규 교과과정을 수료하지 않아도 '시간은 금이다'라는 격언은 누구나 알고 있다. 사실 이 격언도 현대 사회에서는 뻔한 말이 되어버렸다. 크게 성공한 사람도, 회사의 대표도, 나 같은 평범한 시민에게도, 쪽방촌의 사람에게도, 어떤 외국인에게도 공평하게 주어지는 것이 단 하나, 시간이다. 그래서 인간에게 동일하게 주어진 이 자원을 빼앗는 것을 형벌의 주요 수단으로 삼고 있는 것이 아닌가 싶다.

청소일을 하고 나서 시간이 곧 금이라는 격언을 행동으로 옮기고 있다. 청소 작업 전 견적은 보통 시간을 기준으로 하여 정한다.

공간이 넓어도 1시간 만에 끝나는 현장이 있는가 하면 몇 평 안 되는 공간임에도 2시간 가까이 걸리는 현장이 있다. 그렇다면 후자의 현장은 전자의 현장보다 더 많은 견적 금액을 정할 수밖에. 여기에 거리 또한 포함되는데, 가까운 거리에 있거나 혹은 기존 스케줄상의 경로에서 크게 벗어나지 않는다면 적정 이동비를 녹여낸다. 다만 멀리 동떨어진 지역이나 접근이 어려운 현장이라면 이동비와 유류비를 조금 더 고려하여 견적에 반영한다.

사실 시간이 금이라는 말을 절절히 마음에 아로새길 때는 불안장애와 우울증으로 힘들어하던 시기였다. 정말이지 나는 평생 일할 수 있을 것 같았다. 번뜩이는 센스는 약해지고 여러 곳을 다니는 에너지는 점차 줄어들겠지만 나라는 사람은 일하는 것이 즐겁고 일에서 삶의 의미를 찾는 사람이었다. 그런데 마음의 병을 얻고 나서 모든 일이 손에 잡히지 않았다. 센스는 숨어버렸고 에너지는 짜증 내는 데에 다 써버렸다. 아마 다른 이가 날 보았다면 말 그대로 개점 휴업인 상태로 보였을 것이다. 겉은 말짱한데 아무 일도 안 하는, 아니 하지 못하는 상태였으니 말이다.

사실 매일 마시던 술을 끊었던 이유도 시간이 아까워서였다. 늦은 저녁 맥주 한잔의 즐거움은 그날의 성과를 포장하고 실패는 뭉그러뜨린다. 어떤 사람들이 소파에 누워 휴대폰을 들여다보며 게임을 하고 유튜브를 보는 시간에 나는 맥주 한잔을 마신 것이니 마찬가지 아닌가도 생각했었다. 문제는 다음 날이었다. 머리가 깨질 듯한 숙취는 아닐지라도 정신이 멍해지는 오전 시간이 반복되었다. 짧게는 1시간, 컨디션이 좋지 않은 날에는 오전 내내 멍한 정신으로 일과를 처리했다. 좀비처럼 말이다.

시간이 아까웠다. 시간이 무한하지 않다는 것을 체감했기 때문에. 내가 일을 할 수 있고 건강하게 몸을 움직일 수 있는 시간이 내 예상보다 무조건 짧을 거라는 생각 때문이었다. 그때부터 낮은 밀도로 보내는 시간이 너무나 아까워졌다. 전날 마신 술로 인해 컨디션이 좋지 않으면 책을 읽어도 눈에 들어오지 않아 속상했다. 그런 상태로 청소일을 하면 더 힘들다. 몸이 알코올 분해와 청소일에 에너지를 나누어야 하니 당연하다. 청소하며 힘들다는 생각이 반복적으로 일어나면 청소일이 지루해지고, 마지막에는 청소일에 회의감이 들기 쉽다. 고통스럽게 일을 마치면 또 고통을 이겨내는 가장 쉬운 방법인 음주를 선택한다. 그렇게 퇴근하고 또 한잔의 술로 위안을 삼고, 내일의 고통과 어리석은 선택이 또 반복된다.

모든 일에는 끝이 있다. 그 끝이 언제 올지는 나조차 정확히 모르지만 끝이 난다는 사실만은 명확하다. 지금하고 있는 청소일도 언젠가는 끝이 난다. 힘이 없어 청소일을 못 하게 되거나 가슴 뛰는 일에 더 많은 시간과 에너지를 쏟기 위해 청소일을 잠시 미뤄둘 수도 있겠다. 그때가 되면 내가 사용할 수 있는 시간의 색이 변하겠지. 형상이 변할 수도 있겠다. 하지만 그때의 내가 가진 시간이 지금의 내가 가진 시간보다 결코 가볍거나 중요하지는 않을 것이다. 그때의 시간과 지금의 시간은 모든 면에서 동일하다. 그것이 시간이 가지는 절대적인 가치이니까.

과거를 돌이켜보면 끝을 기다리기 힘들어 내가 끝을 끌어당긴 경우가 많았다. 칼로 베듯이 경력과 커리어를 댕강 잘라버렸다. 자른 단면은 깔끔했다. 꼬리가 길든 짧든 이제 내가 상관할 바 아니라며, 나는 최선의 선택을 했노라며 자위했다. 조금만, 아주 조금만 버티면 더 큰 보상을 받을 수 있었지만 미래의 나에게 미안할 정도로 현재의 나는 매몰찼다. 어쩌면 잘된 일이다. 꼬리가 긴지 짧은지에 시간을 낭비하지 않고 고통의 시간을 잘라버렸으니까. 역시나 시간의 단면은 깨끗했다. 다만 모든 일의 끝들이 연결되고 연결되어 지금의 나라는 사람을 만들었다.

시간이 아깝지 않도록 오늘도 신발 끈을 동여맨다. 시간의 밀도를 높이도록, 그러나 너무 급하지 않게 말이다. 언젠가 지금의 청소일도 단면을 보일 때가 오겠지만 부끄럽지 않길 기원한다. 지금의 시간도 미래의 나를 만드는 선의 일부라고 확신하니까.

그래서 오늘도 부지런히 쓸고 닦는다.

한마디의 힘

코로나19가 온 세상을 덮치면서 덩달아 바빠졌다. 거센 파도에 휩쓸리지 않으려 수면 아래서 마구 발버둥 쳤다. 호기롭게 직장을 그만두고 시작한 카페가 어느 정도 자리 잡자 이전부터 하고 싶었던 맥주 펍에 도전해보고 싶었다. 카페는 믿을 만한 직원을 매니저로 채용하여 맡겨두고 나 혼자 맥주 펍을 운영할 요량으로 가까운 거리에 있는 골목에 맥줏집을 차렸다. 그런데 한 달 후에 한국에서 첫 번째 확진자가 발생했고, 맥줏집은 오픈 효과도 누리지 못하고 내리막길을 걸었다(막 개업을 했기에 내려갈 곳이 없었지만 내 기대에 한없이 못 미치는 날들의 연속이었다). 결국 동경수선 카페도 맥줏집도 혼자 운영해야 하는 처지에 닿았다.

딸아이를 등원시키고 어제 못다 한 맥줏집 정리를 하러 갔다. 가끔 마감 시간까지 손님이 있을 경우는 마무리를 다음 날로 미루어두고 급히 집으로 돌아가는 때가 있었다. 보통 설거지나 화장실 청소 같은 것들이다. 별것 하지 않았는데도 벌써 카페 오픈

266

시간이 가까워졌다. 뜨거운 여름이라 미리 에어컨을 켜두고 늦은 아침 혹은 이른 점심을 먹으러 가야겠다고 생각했다. 이때 먹지 않으면 새벽까지 아무것도 먹지 못할 수 있으니까. 오래된 시장 건물에 있던 카페 동경수선은 더운 여름과 추운 겨울에 특히 취약했다. 열기도 한기도 쉽게 빠지지 않는 구조였고, 그 정도 연식의 건물이었다.

날은 역시나 뜨거웠다. 아직 오전 10시였지만 오늘도 푹푹 찌겠구나 생각했다. 저기 신호등만 건너면 바로 시장 입구이니, 최대한 그늘로 다니려고 어닝 밑을 골라 걸어 다니는 잔꾀를 부렸다.

"아이고 따뜻하다."

빨간 신호등을 지켜보며 한걸음 정도 되는 폭의 그늘에 숨어있을 때 옆에서 나긋나긋한 목소리가 들렸다. 이 날씨를 보고 따뜻하다고? 어이없는 표정으로 옆으로 시선을 옮겼다. 두 발짝 떨어진 곳에서 남루한 차림에 깎지 않은 수염이 덥수룩한 아저씨가 하늘을 보며 웃고 있었다. 이 더운 여름날에 검은색 털 잠바를 입고 있었고, 며칠을 감지 않은 듯 머리는 떡이 져 있었다. 술을 먹어서인지 더워서인지 벌겋게 달아오른 얼굴에는 머리서부터 흐른 땀이 송글송글 맺혀있었다. 근처에서 노숙하는 분이라는 것을 어렵지 않게 추론할 수 있었다.

하지만 표정 하나만큼은 세상 행복해 보였다. 짧은 반바지에 면 티셔츠 하나 입고서는 덥다고 오만상 찌푸린 내 표정과는 정 반대였다. 무엇이 그를 이 날씨가 따뜻다고 느끼게 만들었을까? 객관적으로 보자면 나의 차림이나 처지가 그보다 훨씬 나았지만 더위에 불편함을 느끼는 사람은 그가 아닌 나였다.

예전 직장에서 한창 정신없이 일할 때였다. R&D 연구소 부장 님과 함께 신규 사업 미팅을 위해 출장 가는 날이었다. 날씨는 지 금과 비슷한 한여름이었고, 부장님의 검은색 세단이 그늘 없는 회사 주차장에 세워져 있었다. 바라보기만 해도 한증막에서 건식 사우나로 들어가는 기분이었다. 문을 여는 순간 으악 소리가 절 로 나왔다. 그런 날씨에 그런 온도였다. 잠시 나를 쳐다보시던 부 장님이 느긋이 말씀하셨다.

"송 대리 어때? 따뜻하지?"

무슨 소리시냐고 받아치려다가 잠깐 동안 멈췄다. 저 부장님이 따뜻하다고 말하는 이유가 무엇일까? 평소에 느긋한 성격인 것 은 알지만 누가 봐도 뜨거운 날에 검은색 세단이라고. 고작 따뜻 하다고 마음을 고쳐먹는다고 뜨거움이 사라지…네? 어라? 분명 차에 탈 때는 으악 소리가 나오고 짜증이 잔뜩 일었는데, 괜찮다 고 따뜻하다고 생각하니 또 그 나름대로 참을 만한 게 아닌가.

신호등 앞의 그분이 어떤 생각으로 따뜻하다는 말을 하셨는지는 모르겠다. 아침 겸 점심으로 시장의 칼국수를 먹고 카페 프론트 의자에 앉았다. 직장인 시절의 그 부장님과 조금 전 남루한 차림의 그분의 목소리가 겹쳐졌다. 어쩌면 나는 짜증 내고 화낼 거리를 찾고 있었던 것이 아닐까. 내가 그렇게 생각했고 그렇게 반응했다. 나로 인해 발생한 결과물이 아니라 환경이 나에게 미친 영향이라고 생각했다. 사실 반대였다. 내가 그렇게 생각하니 그렇게 느껴진 것이다. 나는 짜증을 내고 싶었다. 인생이 힘들다 이야기하고 싶었다. 모든 것이 나를 엿 먹이려고 한다고 소리치고 싶었다.

8월이다. 입추가 지나도 더럽게 더운 날씨다. 진수 씨에게 말복 즈음이 되면 열대야도 없어지고 제법 선선한 바람이 불어온다고 호언장담했는데 보기 좋게 망했다. 하지만 나에게는 이럴 때 쓸 수 있는 나만의 주문이 있다. 청소일을 시작하려 차에 타는 진수 씨에게 반가이 인사한다.

"안녕하세요. 진수 씨, 오늘도 참 따뜻하죠?"

그럼에도 불구하고

정기 청소 현장에서 화장실 청소는 상대적으로 고난도에 속한다. 계단 청소나 유리창 청소보다 오물의 민낯(?)을 경험할 수 있기 때문이다. 게다가 쪼그려 앉아 허리를 굽히고 해야 하는 청소이다. 동 사장님은 화장실 청소가 자신에게는 너무 힘들다고 하셨다. 고무장갑을 꼈음에도 변기에 손을 대기 싫다며 모터가 달린 돌돌이 기계로 청소하셨다. 청소 창업 초기에 도급을 맡겨주신 박 사장님도 나에게 화장실 청소를 가장 나중에 알려주셨다. 가장 고난도라고. 중간에 못 하겠다고 도망칠까 봐 가장 나중에 알려주는 거라고 웃으면서 말씀하셨다.

정기 청소를 의뢰하는 화장실은 대부분 공용 화장실이다. 사무실 전용 화장실은 그나마 상태가 양호하지만 불특정 다수가 사용하는 상가 공용 화장실의 경우 컨디션이 천차만별이다. 때로는 휴지통이 넘치도록 쌓인 휴지를 일일이 손으로 쓰레기봉투에 담기도 하고, 때로는 취객이 게워낸 토사물을 고무장갑을 낀 손으로 쓸어내리기도 한다. 그런데 화장실 청소는 청소한 티가 가장 많이 난다. 화장실 변기 색은 모두 하얀색이다. 와인 색이나 옥빛의 변기는 이제 찾아보기 힘들다(가끔 오래된 숙박시설에서 만날 수 있다). 바닥 타일의 컬러도 대부분 밝은 색이다.

화장실 청소는 생각보다 간단하다. 휴지통에 있는 오물을 비워낸다. 그리고 변기와 세면대를 닦기 위해 도기용 세제로 얼룩과 오염물들을 닦아낸다. 필요시 바닥에 있는 오염과 이물질을 닦아낸다. 좌변기가 막혀있으면 뚫어내고 소변기가 막히거나 냄새가 심하면 요석 제거제를 사용한다. 다음에는 깨끗한 물로 세제와 거품을 린스 한다. 스퀴지로 바닥의 물기를 대략적으로 정리하고 대걸레로 물기를 닦는다. 그리고 수챗구멍에 있는 머리카락과 다양한 이물질을 제거한다. 마지막으로 마른걸레로 수도꼭지와 변기 시트, 세면대와 거울에 남은 물기를 닦아낸다.

사실, 수도꼭지와 세면대 물기를 닦아봤자 다음 사람이 손 한 번 씻으면 다시 원래대로 돌아간다. 그렇다고 사람들이 사용할 때마다 물기를 닦을 수도 없는 노릇이다. 그래도 그냥 하는 거다. 다음 사람이 손을 씻어 다시 이전 상태로 돌아가더라도 그 사람은 분명히 기억하니까. 자신이 사용하기 전까지 이 세면대는 물기 하나 없는 말끔한 모습이었다는 것을.

때로는 이렇게까지 해야 할까 하는 생각이 들 때가 있다. 하지

앉으면 편하니까. 그냥 두면 물기는 자연스레 마르게 마련이다. 조금 양보해서 사람들이 앉았을 때 축축해서 기분이 상하지 않도록 좌변기 시트 물기만 제거해도 사실 아무 상관 없다. 그런데 나는 내가 편하려고 일하는 것이 아니다. 내가 일하는 이유는 고객이 편하게 하기 위해서다. 그런데 나까지 편하면 고객의 입장에서는 나에게 일을 맡길 이유가 없어지지 않겠나. 편하면 그대로에 머문다. 나아지는 것은 아무것도 없다.

마흔 가까이 살면서 깨달은 것은 사람은 작은 것에 마음이 동한다는 것이다. 아무리 큰 감동도 6개월이 지나면 거의 사라진다는 연구 결과도 있다. 마음이 동하는 진폭의 크기가 중요한 것이 아니라 파장의 주기가 중요하다는 것이다. 과거를 비추어보아도 그토록 원하던 것을 이루거나 가졌을 때의 감동이 그리 오래가지는 않았다. 퇴사 후 카페를 처음 열 때의 기쁨과 철거 후 텅 빈 카페의 공간을 볼 때의 슬픔도 시간이 지날수록 당연한 감정으로 남게 되었다. 감동의 여운은 이내 사라지고 다른 것 또는 더 나은 것에 대한 결핍과 호기심이 그 자리를 메웠다.

그럼에도 불구하고 하는 거다.
디테일은 모든 것을 바꿀 수 있는 힘이 있으니까.

    강릉에서 청소일을 보고 배우는 첫날이었다. 조금 긴장한 상태로 이 사장님을 따라나섰다. 이 사장님은 오늘은 첫날이니 그저 보고 있으라고 말하시고는 의도적으로 천천히 움직이셨다. 제법 깨끗한 신축 건물에 다다랐다. 7월의 태양은 뜨거웠다. 바닷가 도시 특유의 습한 공기가 아직은 어색했다. 청소일을 하겠노라고 유튜브를 뒤적거리며 청소 콘텐츠를 몇 개 본 것이 전부였다. 이 사장님은 그런 내 수준에 맞추어서 단계 단계를 구분해가며, 설명과 청소를 번갈아 가며 보여주셨다.

    주차장 정리는 이 정도로 하고, 현관문은 이런 세제를 이 정도 뿌려서 이런 걸레로 이렇게 닦아낸다, 계단과 창틀은 이런 순서대로 이렇게 이렇게 청소하는데, 이런 부분들을 유의해서 살펴보면 클레임이 적을 것이라는 식이다. 휴대폰 메모장을 켜두고 중요하다고 생각되는 것들을 적으면서 따라다니다 보니 어느새 건물 한 동의 청소가 끝나버렸다.

"담배 한 대 피우시죠."

나는 비흡연자이지만 담배 피우는 자리는 거절하지 않는다. 흡연 시간에 이루어지는 그 오묘한 감정의 동기화가 참 좋다. 궁금한 거 있으면 편하게 물어보라는 사장님 말씀에 아직은 백지 상태라 궁금한 것조차 없다며 웃음을 지어본다. 이 사장님이 가만히 담배를 피우다 방금 청소한 바로 옆 건물을 가리킨다.

"저 건물 청소 상태 한번 보러 갈래요?"

이 사장님은 담배를 끄고 꽁초를 주머니에 넣은 다음 옆 건물로 성큼성큼 들어간다. 조금 오래된 연식이기는 하지만 그것과는 다르게 지저분하다. 오늘 처음 건물 청소를 접한 나에게도 곳곳에 뒹구는 먼지가 보이고 천장에는 꽤 커다란 거미줄도 보인다. 건물을 나와 다시 그늘로 찾아간다. 사장님은 담배를 꺼내 불을 붙이고 나는 그 옆에 선다.

"여기는 어떤 청소업체가 하길래 컨디션이 이렇죠?"
"그건 저도 몰라요."
"청소업체별로 청소 방법과 주기 같은 것이 다른 걸까요?"
"음… 아마 단가 차이겠죠."

단가 차이라니, 뒤통수를 세게 한 대 맞았다. 찌릿했다. 그 건물이 지저분한 요인들은 다양하겠지만 그 말이 가장 설득력이 있어 보였다. 결국은 돈인 것인가. 돈의 액수야말로 사람에게 동기부여를 가장 확실하게 할 수 있는 수단이 되기는 하지. 청소 한 번에 3만 원 하는 현장과 1만 원 하는 현장이 있다면 당연히 앞의 현장에 더 신경이 쓰일 수밖에. 좋은 것이 좋은 것이니까. 단가가 좋은 현장일수록 거래를 연장하고 싶어서라도 걸레질을 한 번 더 하지 않을까.

자칫 장사치처럼 보일 수 있겠지만 현실은 냉정하다. 내 몸값은 내가 챙겨야 한다. 지금까지 살아오면서 호의로라도 내 몸값을 내 생각보다 높게 쳐주고 그보다 적게 일해도 된다며 허허 웃는 기부 천사는 본 적 없다. 월급을 받은 만큼, 혹은 결제받은 만큼의 제품과 서비스를 제공해야 하는 것이 자본주의라는 규칙에 있어 프로의 조건이다. 제품과 서비스가 넘쳐나는 과잉 공급 시대에 접어들면서 그보다 더 많이 제공해야 한다는 식의 직업 윤리와 마케팅 수단이 종종 보이기도 한다.

얼마 전에 조용한 퇴사라는 말을 들었다. 월급 받은 만큼 일한다는 뜻이란다. 자신에게 주어진 일 이상은 하지 않는다는 스탠스일까. 야근도 특근도 거부하고 자신의 에너지를 최대한 보수적으로 배분하겠다는 마인드가 왜 사회적 이슈가 되었을까. 그런데 세상을 살아보니 딱 받은 만큼만 줄 수 없는 것이 세상 이치였다. 기브 앤 테이크는 아니더라도 받은 것에 덤 정도는 얹어 줘야 관계가 이어지는 것처럼 말이다.

  한 병원에서 청소 의뢰를 해주셨다. 현장을 둘러보고서 담당
하시는 팀장님과 말씀을 나누었다. 딱 쓰레기통을 비우고 바닥
만 닦아달라고 하셨다. 소파나 의자나 현관문이나 TV나 치료 테
이블이나 거울이나 수도꼭지를 닦을 필요는 없단다. 오직 그것
만 해주면 된다고 한다. 물론 160평이나 되는 곳이니 쓸고 닦고
비우는 데만 해도 매일 2시간 넘게 걸리기는 한다. 그래도 시간
을 쪼개고 쪼개어 소파나 의자나 현관문이나 TV나 치료 테이블
이나 거울이나 수도꼭지를 닦아드리고 있다. 내가 받은 만큼보다
조금만 더 드리려고 하는 마음이다. 나도 마음 편하고 고객도 작
은 차이로 만족하시니 다행일 수밖에. 책임의 영역에서는 나 자
신이 자유롭지 못하다. 다만 그 밖의 영역에서는 내 호흡으로 자
유로이 거닐 수 있다.

  책임의 영역은 최대한 좁게, 그 밖의 영역은 최대한 넓게 가져
가는 거다.

느리지만 단단히

    사람들은 '역대급'이라는 말을 자주 쓴다. ○○년 만의 역대급 더위라든가, ○○년 만의 역대급 폭설이라든가 등등. 기록은 깨지라고 있는 것이라는 말처럼 상상을 뛰어넘는 일들은 언제든지 일어날 수 있다고 믿는다. 그것이 기쁨이건 고통이건 말이다.

    요 몇 년간 겪은 고통은 내 인생에 있어서만큼은 역대급이었다. 원주로 직장을 옮긴 30살에 이명을 겪었을 때도 마음이 참 힘들었다. 외로웠달까. 아무도 모르는 타지에 와서 낯선 환경과 시스템이 제대로 갖춰지지 않은 조직문화 속에 놓였을 땐 검은 안대를 쓴 기분이었다. 하지만 그 덕분에 알아주기를 바랄 것이 아니라 내 갈 길은 내가 나서서 챙겨야 한다는 것을 깨달았다. 거절의 표현을 적극적으로 하고 나를 조금 더 살펴보는 계기가 되었다.

    직장을 퇴사하고 자영업을 시작했다. 일하는 환경이 바뀌었고 생활의 처지가 바뀌었다. 퇴사한 지 딱 1년 만에 대형 화재로 모든 것이 원점으로 돌아왔다. 더 나아가서는 코로나19라는 전대미문의 팬데믹이 모든 사회를 잠식했다. 역대급이었다. 예전에는 상상도 못 한 일들이 이어졌다. 당연하다. 평소의 나와 우리는 상상을 잘 하지 않는다. 상상은 터무니없는 일이라며 무시하는 경향이 있다. 상상을 할 바에 현재의 것에 충실해야 한다는 생각이 강하다. 그렇게 상상 없이 현재만을 허겁지겁 삼키다 보니 탈이 나고 말았다. 역대급 탈이 나버린 것이다.

덕분에 회복하는 데에 제법 오랜 시간이 걸렸다. 지난 직장 생활에서 겪었던 고통을 이겨내는 데 한 달 정도 걸렸다. 그때는 아무것도 하지 않고 아무 생각도 하지 않았었다. 그저 시간이 흐름에 따라 나를 괴롭히던 것들이 퇴색되기만을 기다렸다. 그 후에 나만의 색을 조금 덧칠한 정도. 이번의 역대급 고통을 극복하는 데에는 일 년 정도 걸린 것 같다. 책을 읽고 생각하고 문제점을 규정하고 최선의 답을 찾고 행동에 이르는 데까지 말이다. 행동으로 조금씩 바뀌어 가는 나를 보는 재미가 있었다. 신기한 마음이 더 컸다.

청소를 하게 된 것도 당시 나에게 최선의 답이지 않았을까. 쓸고 닦는 단순한 반복 행위를 통해 나는 마음의 때를 벗기고 싶었을지도 모르겠다. 인생의 가장 큰 고비를 마주했을 때 잔뜩 웅크리고 사그라들기를 기다리는 것보다 그래도 무언가를 하는 일에 내 몸을 맡겼다. 더디지만 확실한 방법이라고 생각했다. 그리고 내 생각이 옳았다. 시간을 조금 더 투자해야 했지만 확실히 나아졌다.

그럴 일이 없다면 좋을 테지만 내가 겪은 고통보다 더 큰 고비를 미래에 만날 것이다. 아니, 그런 일이 생기는 것을 더 반갑게 여겨야 할까. 키가 클 때 성장통을 겪듯이 새로운 역대급 고통은 내가 그만큼 또 성장하고 있다는 반증이니까. 그때가 되면 또 역대급 고통으로 다가오겠지. 마흔에 배운 대로 또 하면 된다.

느리지만 단단히 이겨내는 방법.

깨진 유리창 같은 마음

    몇 권의 심리학 책을 뒤져 보다 보면 한 가지 재밌는 실험이 나온다. 한적한 지역의 골목에 두 대의 차를 세워둔다. 약간의 거리를 둔 두 대의 차는 모두 보닛을 열어두고 시동을 꺼놨다. 비슷한 연식과 상태이지만 단 하나만 달랐다. 한 대의 차만 유리를 깨뜨렸다. 단 1주일 만에 두 차의 상태는 심각한 차이를 보였다. 한 대는 실험 초기의 상태 그대로 보존된 반면에 유리창이 깨진 자동차는 온갖 낙서와 쓰레기들이 가득했고 배터리가 도난당하는 등 아예 폐차 직전의 고철 덩어리가 되어버렸다. 이 실험은 '깨진 유리창 법칙'이라고 부르는 유명한 실험이다.

    '더러운 곳은 더 더러워진다.'

    청소일에 이 실험의 법칙을 대입하면 이렇게 표현할 수 있겠다. 깨끗한 거리에 쓰레기를 버리기는 힘들다. 하지만 어느 전봇대 옆에 테이크아웃 커피 컵들이 몇 개 쌓여있으면 그 위에 내 쓰레기 하나 올리는 것은 쉽다. 이전의 사람들이 버리고 간 쓰레기 몇 개가 지금 나의 죄책감을 덜어주기 때문이다. 내가 하는 청소 일은 정기 청소이기 때문에 매일 새로운 현장을 마주하지는 않는다. 하지만 내 손길이 닿으면서 조금씩 나아지는 현장의 시간을 함께한다.

외곽지역에 있는 한 사무실에서 연락이 왔다. 거리가 조금 있는 곳인데 청소가 가능하냐고 했다. 물론 가능하다고 말씀드리고 바로 현장으로 달려갔다. 짐을 싣고 나르는 데 필요한 파레트 창고였다. 사무실 청소를 의뢰하셨지만 사실은 화장실 청소가 급하셨다고 했다. 그도 그럴 것이 직원분들은 열 명이 채 되지 않았지만 파레트를 운송하시는 트럭 기사분들까지 하면 거의 공용 화장실과 다를 바 없었다. 화장실의 첫인상은 생각보다 심각했다. 악취는 물론이고 화장실을 험하게 사용하면 폐쇄할 것이라는 센터 장님의 경고성 문구까지 살풍경하게 붙어 있었다.

게다가 소변기의 자동 급수 장치가 고장이었고, 소변기 관이 막혀 물도 제대로 내려가지 않았다. 악취가 나는 것이 당연했다. 고무장갑, 걸레, 수세미 몇 개 버릴 생각을 하고 달려들었다. 그동안 사무실 청소를 하면서 최대한 사람들에게 무해한 세제를 사용하려 했었다. 하지만 이런 현장을 상대할 때는 나쁜 사람이 되어야 했다. 독한 세제를 사용하면 독한 기운이 올라온다. 강한 오염 물질과 강한 세제가 화학작용을 일으키게 되면 더 강한 합성물이 나오기 마련이다. 그렇게 첫날의 청소가 끝나고 다음 주에는 두 번째 청소가 끝났다. 그렇게 두 달 정도 지나자 과거의 지저분했던 화장실의 모습이 거의 없어졌다. 내가 청소를 잘해서였을까? 아니다. 화장실 쓰는 사람들의 인식이 달라졌기 때문이다. 깨끗하게 정리된 화장실을 보고서는 휴지 조각 하나에도 아주 작은 죄책감이 더해졌을 거다.

나도 한때 나를 갉아먹으며 못살게 굴던 때가 있었다. 다른 사람들이 자신을 아끼라고 그렇게 충고를 해주어도 심리적인 자해를 멈추지 않았다. 마음에 버린 몇 개의 쓰레기를 그대로 방치해두었기에 새로운 감정 쓰레기들을 툭툭 아무렇지 않게 버릴 수 있었다. 그때의 나는 죄책감이 없었다. 그러고는 숨도 못 쉴 정도로 악취가 진동하자 그제야 독한 세제를 써서 치워보기로 했다. 숨이 막혀가며 몇 개는 버릴 각오를 하고 말이다.

덕분에 마음이 깨끗해졌다. 먼지 하나 없을 정도로 깔끔한 것은 아니지만 그래도 쓰레기 하나 버릴라치면 금세 티가 나서 버리기가 힘들다. 그럴 때는 주머니에 잠깐 넣어놨다가 쓰레기통을 찾아 버린다. 청소를 하면서 내 마음까지 깨끗이 유지하는 방법도 배웠다.

이러니 청소일을 좋아하지 않을 수가 있을까.

더욱 자유롭게

청소일을 하겠다고 나섰을 때 많은 도움을 주시는 사장님들이 계셨다. 지금 생각해도 참 감사한 분들이다. 그분들도 그때의 나에게 '청소일 하고 싶으면', '진짜 하실 거면'이라는 가정법을 항상 버릇처럼 말씀하셨다. 이미 사업자 등록을 끝내고 먼 지역으로 달려오는 등 나름의 의지를 보였음에도 불구하고 돌아오는 것은 나 역시 언제든지 청소일을 그만둘 수 있다는 경계심이었다.

그중 동 사장님은 유독 '간절함'이라는 단어를 강조하셨다. 이야기의 요점은 간절함이 부족하면 무엇이든 안된다는 것이다. 말씀을 듣고 있자니 그동안 간절함이 없어 보였던 사람들이 많이도 지나친 듯했다. 하지만 내게도 사장님이 말씀하시는 간절함은 없었다. 간절함만으로 모든 일이 잘 풀리지는 않는다는 것을 그간의 경험들로 깨달았기 때문이랄까. 물론 목표를 설정하고 그것을 위해 노력하는 과정은 필요충분조건이라는 것도 알고 있었다.

이제는 희미한 그때의 기억을 돌아보면 청소일을 평생의 업으로 삼고 싶은 생각은 없었다. 애초부터 거창한 꿈을 가지고 시작한 일이 아니다. 우리 세 가족 생활비 정도 벌었으면 좋겠다 생각했다. 욕심을 조금 내면 딱 백만 원만 더 벌어서 많이 쓰지는 못하더라도 돈에 쪼들리는 수준만 벗어나면 감사하겠다고 생각했을 뿐이다. 그럴듯한 이야기를 하자면 그동안 장사하면서 배우고 익힌 비즈니스 브랜딩의 몇 가지 지식들을 청소라는 생소한 영역에 접목시켜 보고 싶었다. 이런 일련의 생각들이 톱니바퀴처럼 딱딱 맞아떨어졌을 뿐이다.

마지막으로 나라는 사람의 정체성에 있어 해가 되는지를 질문해봤다. 내가 청소일을 하는 것이 인생의 커리어에 오점이 될 것인가. 며칠 동안 수백 번을 되물어도 답은 같았다. 오히려 좋다고. 미래의 내가 어떤 일을 하고 있을지는 모르지만 지금 마흔에 청소일을 했다는 것이 내 관점을 비약적으로 넓혀줄 좋은 경험이 될 것이라고 믿었다.

마흔은 무언가를 도전하기 힘든 시기다. 사실은 그 전부터 어렴풋이 느끼고 있었다. 깊은 물속으로 잠수할수록 수압은 세지고 몸을 움직이기 힘들듯이. 점차 감싸고 있던 벽이 두터워지고 그 안에서 지켜왔던 것들에 대한 집착과 그로 인한 관성이 강해지기 마련이다. 당연히 지켜왔던 것들이 더욱 소중히 여겨지기 마련이다. 나이라는 무거운 추는 젊은 날의 좋았던 추억들을 끌어안아

아래로 아래로 내려가게 만드는 성질이 있는 것 같다. 저울의 반대편에는 도전과 용기가 퇴색되어 마음과 멀어지는 것 같고. 그래서인지 타인의 시선으로 말미암아 내가 움츠리는 것이 더 편할 때가 있다.

호기롭게 청소일을 시작했지만 죽을 때까지 청소일을 하고 싶지는 않다. 언젠가는 그만둘 때가 되겠지. 그런데 그렇다고 내가 간절함이 없거나 나사가 하나 빠졌다는 소리를 듣는다면 서운할 것 같다. 단지 인생의 단계가 바뀌는 타이밍이 왔을 뿐이니까. 인생의 업이 하나로 귀결되지는 않으니 앞으로도 더욱 자유롭게 인생을 거닐고 싶다.

나에게 필요한 것은

이 책을 통해 내가 겪었던 일들을 그럴듯하게 포장하고 싶지는 않았다. 하지만 덕분에 과거의 시간을 오롯이 들여다볼 수 있는 계기가 되었다. 현재는 과거로부터의 연장선상에 있으니까. 아직도 서툰 걸음들이지만 내가 왜 이렇게 걷고 있는지는 알고 싶었다. 그래야 다음 걸음을 어디로 내딛을지 알 수 있을 것 같았다. 최소한 조금 더 먼 미래에 내가 그래도 바른 길로 걷고 있었구나 안도할 수 있었으면 좋겠다 싶었다.

처음 정신의학과 약을 받아든 날을 기억한다. 예전보다 정신과에 대한 인식이 많이 좋아졌다고는 하지만 몇 알의 알약이 주는 심적 무게가 상당했다. 이제 진짜 갈 데까지 갔구나 하는 심정이랄까. 예전 카페에 비치해두었던 『죽고 싶지만 떡볶이는 먹고 싶어』라는 책이 떠올랐다. 그 작가처럼 나도 죽을 고비를 넘기고 있구나 싶었다. 비록 죽고 싶다는 만큼의 용기는 없었지만. 어쩌면 더 잘 살고 싶다는 강렬한 열망이 알약을 삼키는 원동력이 되지 않았나 싶다.

우울증과 불안장애, 더 나아가 공황장애라는 질병이 흔한 시대가 되었다. 미디어의 발달로 많은 케이스를 쉽게 접할 수 있게 되었다. 나 또한 그런 정신적인 문제는 유명인들의 전유물이라고만 생각했었다. 극심한 스트레스를 버텨내야 하는 공인들에게는 그런 그늘이 당연해 보이기도 했다. 좀 억울했다. 나는 유명하지도 않고 이루어 놓은 것도 없는데, 통장은 말 그대로 텅장이 되어가는데, 이런 힘든 시간까지 겹치다니. 말없이 지지해주는 아내에게도, 아빠 손을 잡고 산책하는 게 좋다고 말하는 딸아이에게도 미안한 마음만 가득했다.

어쩌면 그래서 매일 술을 마셨는지도 모르겠다. 술은 지금의 고통을 가장 쉽게 잊게 해주는 도구니까. 땀에 절여져서, 또는 복숭아뼈부터 정강이까지 욱신거릴 지경으로 뛰어다니다 집에 갈 때가 되면 시원한 맥주 한잔이 자연스레 떠오른다. 툭툭 목젖을 치고 흘러가는 맥주를 마실 때면 하루에 한 끼 마음 놓고 먹을 수 있다는 사실만으로 오늘 하루 그래도 잘 버텼다는 위안을 삼았다. 쓸쓸한 기억보다 더 인상을 찌푸리게 하는 소주 한 컵은 그날의 실수와 걱정들을 아주 살짝 가려주었다.

주치의 선생님의 말씀대로 내 컨디션은 천천히 가라앉았다. 언제부터 그랬는지는 모르겠다. 가게 임대인이 재계약 불가 통보를

287

할 때부터였는지, 거짓말 같은 전염병으로 손님이 사라진 그때부터였는지, 마음에 큰 생채기를 하나 내고 직장을 그만둔 시점부터였는지, 그렇게 원하던 방송국 일을 마무리할 때부터였는지, 지긋지긋한 집을 떠나 기숙사 고등학교로 들어가기로 한 날부터였는지, 아니면 훨씬 더 전이었는지.

힘을 쓰면 물에서 가라앉는다. 힘을 빼면 물에 뜬다. 이제 막 수영을 배우려는 사람들은 가라앉지 않으려 몸에 힘을 준다. 그러면 더욱 가라앉을 뿐이다. 모순적이다. 가라앉지 않으려 발버둥치면 더 가라앉는 사실이. 처방받은 신경안정제를 삼키며 힘을 빼는 연습을 시작했다. 가슴이 두근거리고 호흡이 되지 않을 때는 '내가 왜 이러지?'라고 생각하는 것보다 '내가 지금 불안하구나'라고 인정하는 것을 깨달았다. 불안하지 않으려 발버둥 쳐봤자 소용없다는 것을 알았으니까. 오히려 불안감을 외면하지 않고 인정했을 때 더 빠르게 회복할 수 있었다.

이제 나는 나를 조금 더 객관적으로 바라볼 수 있는 의지가 생겼다. 굳이 과거의 원인을 끄집어 와서 시시비비를 가리는 것이 소용없다는 것을 알고 있다. 그리고 그 원인을 다른 각도에서 바라보면 마냥 숨겨야 할 나쁜 것들이 아니라는 점도 말이다. 아내와 딸아이에게는 내가 필요하다. 나도 소중한 가족이 필요하다.

그 전에 우선 나에게는 내가 필요하다.

"음…. 좋습니다. 그러면 올해 안에 약을 끊어보는 것으로 하시죠. 고생하셨습니다."

처음 정신과를 방문한 지 벌써 일 년이 되었다. 아침저녁으로 3알씩 그리고 비이상적으로 불안하고 답답할 때면 수시로 알약 하나를 반으로 쪼개어 삼켰다. 안정제에 의존하는 삶을 살아온 것은 아니지만 정작 주치의 선생님께 이야기를 들었을 때는 내심 놀랐다.

"다음 처방부터는 성분을 점차 줄여갈 거예요. 그리고 하루에 한 번씩 먹는 약으로 대체될 거예요. 지금 잘 지내고 계시니까 너무 걱정하지 않으셔도 돼요."

과거의 정신과 전문의 친구의 이야기가 떠올랐다. 정신과 처방은 굉장히 보수적이기에 약을 줄이자고 할 때까지 그냥 처방받은 대로 하라는 것이었다. 괜히 조금 괜찮아졌다고 오기 부리면서 마음대로 약을 끊지 말고 잔말 말고 주치의를 믿으라는 것이었다. 마음의 상처라는 것이 외상처럼 사진을 찍어보고 사이즈를 재어 치료할 수 없다는 것을 알기에 금세 이해되었다. 다만 시기가 너무 이른 거 아닌가 하는 노파심이 생겼다. 네 발 자전거를 타던 아이에게 이제 보조 바퀴를 떼어보자고 하는 어른의 말처럼 느껴졌다.

약이라는 것이 모든 고통을 덜어주지는 못한다. 작용에는 반작용이 따르듯이 강한 고통을 다스리기 위한 약에는 반드시 강한 부작용이 따른다. 강한 약도 건강한 사람들에게나 쓰는 법이다. 다행히 나는 회복 속도에 집착하지 않았다. 애초에 특별한 이슈가 있었던 것도 아니었고 서서히 가라앉은 만큼 서서히 회복될 것이라는 말을 의심 없이 믿었기에 그랬는지도 모르겠다. 어차피 금방 나아지지 못할 거라면 밑바닥을 찬찬히 다져가는 것이 나에게 도움이 될 것이라 생각했다. 어쩌면 그래서 청소일을 선택하고 감사히 청소하고 있는지도 모르겠다.

청소일 덕분에 더 건강해졌다. 매일매일 더러운 것을 걸레와 빗자루로 쓸어내리면서 내 안에 있는 마음의 오염까지 함께 쓸어내린다. 때로는 삐딱하게 고개를 돌려 보아야만 보이는 것들도 있었다. 보통은 숨어있는 것들이다. 더럽고 부끄럽고 나에게도 숨기고 싶은 것들이다. 그것들을 굳이 꺼내어 마주하는 것, 그게 내가 정신과를 다니며 청소일로 얻은 가장 큰 가르침이지 않을까.

2주에 한 번씩 가는 정신과도 언젠가는 발길을 끊을 날이 올 것이다. 청소일도 마무리하는 날이 오겠지. 그때가 되면 정말 홀가분할까. 아니면 진심으로 그런 시간을 보낸 것에 감사하게 될까. 그때의 나는 좋은 아빠로 살아가고 있을까 생각해본다. 언젠가는 꼭 그렇게 되었으면 하고 그려본다.

오늘도 나는 정신과를 다니며 청소일을 한다.
그리고 내 나이는 마흔이다.

마흔에 정신과 다니며 청소일 합니다

마흔이 되면 진짜 어른이 될 줄 알았다. 첫 직장이었던 군대에서 내 상관이셨던 대대장님이 당시 마흔이었다. 전역하고 방송국 프리랜서 PD를 할 때 프로그램을 책임지던 PD 선배 또한 마흔 즈음이었다. 취준생 시절을 끝낸 직장에서 갖가지 고마운 조언을 해주던 입사 10년 차의 과장님 나이가 마흔이었다. 시기는 조금씩 다르지만 마흔의 나이는 무언가 커다란 산과 같았다.

그런데 막상 마흔에 닿아보니 별거 없었다. 나도 아직 모르는 것 투성이다. 가정을 꾸리고 가장이라는 타이틀을 지고 있지만 당장 미래에 대한 불안이 없다면 거짓말이다. 직장에서 어떻게 될지 두렵고 오늘은 손님이 오려나 초조하다. 이제는 퇴직하신 아버지의 자산이 나보다 더 많고 아버지는 빚이 없으시지만 내가 살고 있는 아파트의 절반은 은행의 몫이다. 어쩌면 내가 만든 마흔에 대한 환상이 지금 마흔의 나를 괴롭히고 있는지도 모르겠다는 생각을 한다.

나이가 들면서 모든 것을 숫자로 바라보게 된다. 숫자는 누구나 읽을 수 있는 만국 공통어이다. 회사의 규모와 매출도, 사람과 일의 가치도 모두 숫자로 표시된다. 그렇기에 쉽게 비교가 가능하다. 누가 더 상대를 사랑하는지에 대해서는 갑론을박이 있겠지만 10과 100 중 어느 것이 더 큰 것인지에는 이견이 없다.

마흔이 되어서야 많은 불행이 상대적인 평가에서 시작된다는 것을 깨달았다. 객관에서 주관을 뺀 값이 행복이기 때문이다. 불행을 행복으로 전환하기 위해서는 객관을 늘리고 주관을 낮추는 방법이 가장 빠르다. 어쩌면 마흔이라는 나이에 그것을 깨달은 것도 누군가보다 빠른 것이 될 수도 있고 느린 것이 될 수도 있다. 하지만 개의치 않는다. 마흔은 흔들리지 않는 자신만의 기준을 세우는 시기이기 때문이다.

80세까지 제법 건강하게 산다고 가정한다면 지금 딱 절반 정도 살아온 셈이다. 계절로 치면 지금 이 글을 쓰고 있는 6월 중순쯤 될까. 마침 장마가 시작되었다. 해가 내리쬐는 여름이 오기 전에 시원하게 그동안의 먼지들을 씻어내리는 시기이다. 마흔은 그런 나이다. 장마가 평년보다 빠른 해가 있고 늦은 장마가 있는 해도 있다. 내 장마는 언제 오나 조급해할 필요도 없다. 마른 장마도 있으니까.

단지 지금을 아는 것이 중요하다. 이제 곧 장마라는 사실 말이다. 장마가 끝나면 무더위가 찾아올 것이고, 이렇게 더워도 되나 싶은 시절이 지나면 선선한 밤공기가 가을이 오는 것을 알려줄 것이다. 장마를 맞이하고서야 봄꽃을 심는다고 해도 제대로 자랄 리가 만무하다. 굳이 마흔이란 나이에 불안해져서 서두를 필요가 없다는 말이다. 지금의 시간에는 지금에 맞는 일이 있다. 나에게는 그것이 청소일이었을 뿐이다.

30대 초반의 나에게 친구들은 걱정스러운 목소리로 안부를 전해왔다. 장사는 잘되냐고, 힘들지 않냐고. 마흔이 된 지금에는 다른 의미의 걱정스러운 목소리가 들린다. 마지막 이직이라 고민이라고, 직장생활이 힘들다고. 하지만 이제 사회로 나가기에는 두려움이 크다고 한다. 막상 가진 것은 없는데도.

우스갯소리로 이야기한다. 인간이 피할 수 없는 것은 죽음과 퇴사라고 말이다. 직장인이 되었건 자영업자가 되었건 프리랜서가 되었건 언젠가 우리 모두에게는 자신의 일을 해야 하는 시기가 온다. 타인과 시대의 흐름에 휩쓸려 다니는 것을 조심해야 한다는 말이다.

마흔은 덜어내는 나이다. 자신을 돌아보며 덜어내고 덜어내다 보면 자신의 코어가 어떠한지 마주할 수 있게 되는 나이가 마흔이다. 마흔 즈음의 모든 분들께 위로와 응원을 드리고 싶었다. 빛을 내기 위해 까맣게 타서 끊어져버린 백열등 속 필라멘트가 되지 않기를 바라는 마음에.

　"타인보다 당신을 더 사랑하시길 바랍니다. 사랑하는 가족들보다 더 아끼시길 바라겠습니다."

생각의뜰채 산문선 002

마흔, 정신과 다니며 청소합니다

초판 1쇄 발행 2025년 1월 15일

지은이 송창민
기획·편집 권진아
디자인 최진실
일러스트 민지홍
교정·교열 다미안

펴낸이 권진아
펴낸곳 생각의뜰채(Dayspring)
출판등록 2021년 10월 1일 제419-2021-000030호
주소 강원특별자치도 원주시 원문로118번길 3
전자우편 think-catch@naver.com
인스타그램 @gangwon_soozip

ⓒ 송창민, 2025
ISBN 979-11-981169-3-2

* 이 도서는 2024년 문화체육관광부의 '중소출판사 성장부문 제작 지원'
  사업의 지원을 받아 제작되었습니다.